ほんとうのあなたを
生きるために

吉田迪《ゆう》恵《けい》

Yuukei Yoshida

たま出版

はじめに

思い起こせば、私は少女時代より、人間の幸不幸とは一体何なのだろうと、深い疑問を持ち続けてまいりました。それを解明して、「人生に悩み苦しむ人を助けることのできる自分になりたい、いや、なろう」と決意したのは十六歳の時です。その時のことを私は、「魂のうずき」と表現しておりますが、抑えようのない思いがお腹の底から湧いてきたのでした。

それは、両親の不幸な姿がきっかけではありましたが、私自身も、随分と波瀾万丈の半生を歩むことになりました。努力しても、いや努力すればするほど、それ以上に足元からすくわれる、そのようなことが次々に起こってきて、何度も何度もどん底に突き落とされる有様《ありさま》でした。

しかしどのような絶望の淵に追いやられた時でも、忘れることのない思いが私にはありました。自分自身ではどうにも止めようのない魂のうずき、「十六歳の決意」です。

随分と試行錯誤しながらの学びでしたが、運命のしくみを知り、念願叶って「吉田カウンセリングルーム」という形で出発できたのが、平成九年三月八日のことです。それは実に十六歳の決意から三十年の道のりでした。

まさに「背水の陣」で走り出してからは、ただ無我夢中の日々でした。しかし着実に一歩一歩前進することができました。開設五周年の平成十四年には、更なる飛躍を目指し「吉田紬恵人間理學研究所」と改称させていただきました。「人間理學」とは、三十数年かけて築いてきた私独自の「人間が幸せになるための哲学」に、師が名付けて下さったものです。

三～四年前から、随筆、研究所通信という形で、運命のしくみや生き方のメッセージを、また私自身の実践を少しずつ記してまいりました。この度当研究所が十周年を迎えることになったのを記念しまして、それらを整理整頓し、ここにまとめてみました。読者の皆様に、「ほんとうのあなたを生きるため」のヒントをつかむきっかけとしていただければ幸いに思います。

目次

2　ワンランク上の生き方

私の歩んできた道……………91

3 教育の基本

4 身の回りのこと

5　社会常識の転換

1

運命のしくみ

宿命と運命

運命論者という表現があります。しかし、それにはどこか暗い定めのような、絶望的な響きがあります。私個人としては嫌いな言葉です。

運命とは、読んで字のごとく、命を運ぶ、自分でつくっていけるものです。決して定めではありません。不運に流されてしまう状態になるのは、運命のしくみを知らないからです。ただ、現代社会の一般常識と運命のしくみとは違うことが多いので、たとえ努力しても、それが自己流のものであればよい運命をつくることは不可能です。

また、運命とは何かなど考えたこともないという方もいますが、そういう方は、よほど幸せな人生なのでしょう。ただし、自分が悩まなくても済む人生であったからといって、人様の人生の運命まで否定するのは矛盾しています。あなたの幸せな人生に心から感謝してくださいね、と申し上げたいと思います（でないと、やがてその幸運は逃げていってしまいますよ）。

さて、運命とは別に、宿命というものがあります。命が宿る、つまり、こちらが変えられないもの、定めです。人がこの世に生まれて来る時には、必ず何らかの役割を持って生まれてくるといわれます。どのような本質（個性）を持っているか、男女どちらに生まれるか、どんな地域に、どんな両親のもとに生まれ、どんな役目を果たすべきなのか、これが宿命です。これは好むと好まざるとにかかわらず、受け入れていくべきものです。

しかし、私などは二十三歳の時までそのことを知りませんでした。だから、不満だらけの人生でした。それまでは、男に生まれれば良かったのだと本気で思っていました。なぜなら、周りから「お前は男に生まれれば良かった」と事あるごとに言われていましたから。

自分自身も、女であることに劣等感すら持って育ちました。今にして思えば、「だったら男性のように生きることに徹すれば良かったのに」と思うのですが、中途半端な生き方しかしていませんでした。女性であることに劣等感を持ちながら、半面、自分が女らしくないという劣等感も持ち続けていたのです。「矛盾は不運の元」が運命学の鉄則ですから、当然幸せであるはずはありません。

しかし、二十三歳で宿命と運命のことを知ることができた私は、考え方の方向転換をしたのです。今世は女性として生まれさせていただいたのだから、女性としての人生を思い切り味わおう、女性であることを楽しみながら、世のお役に立てる人間になろう、そういう気持ちになりました。

また、苦しみ続けた両親との縁も、宿命なのだと受けとめたら、この両親との関係の中で、何を学ぶべきなのかと、素直に向きあえるようになったのです。そして、この両親のもとでなければ学べなかったであろうことばかりだということに気付くことができ、ありのままの自分を受け入れられるようになりました。

生を受けた古里のこともそうでした。物心ついた頃から、古里が嫌で嫌で切なくて、私はまるで家出少女のようにそこを飛び出しました。それはそれで必要だったのだと悔やんではおりませんが、今では、人様から私の古里を自然がきれいな所、と誉められると、「そうなの！　あんなきれいな所に育ったから、私の心は純真なまま！」などと言ってのけられるようになりました。心から素直に、古里を懐かしめるようになったのです。

宿命を素直に受け入れると、人生は、不思議に爽やかなものになります。自分の人生を、何か晴れ晴れしないと悩んでいる方は、思い切り素直に、自分に与えられた宿命を受け入れる勇気を持ってみるとよいと思います。

そうすると、あなたが醸し出す雰囲気に輝きが増してくることでしょう。

自分の本質を生かしきる道

自分を変えたい……、そんな相談をよく受けます。「自分のどこを変えたいのですか?」と確認をすると、たいていは、自分の本質的なことを変えたいというのです。

しかし、前に述べたように、自分の持って生まれた本質(個性)は、宿命だから変えられません。本質というのは、変えるものではなく、生かすものなのです。人はいろいろな個性を持って生まれてきます。その個性を生かし合って世に貢献し、この世を輝くものにしていくことを天は願われているのだと思います。

それにはまず、自分の持つ本質がどんなものであるのかを知ることが重要です。私は、運命鑑定法によって人様の本質を知ることができますが、自分がどんなことに、またどんな時に魂の喜びを感じるのか観察してみれば、各々でもある程度のことが分かるものです。自分の持つ本質を知ったら、それを生かしていける道を選択して生きるのが得策です。あまり無いものねだりをしないことです。

多くの人と接することを得意とする個性を、本質として持たない人は、それをあまり必要としない環境を選んで生きることです。例えば、パソコンや機械相手に仕事をする。人の中に入る時は、裏方を務めていく。結婚も、華やかな社交性を求めてくる相手を選ばない。そしてその環境の中で、どれだけ一流になれるかを考え努力すればよいのです。裏方をさせたらピカ一と言われるような人間になることでよいのです。

また、私もそうなのですが、人間大好きの人が、機械相手や一日中孤独に過ごす環境を選んだなら、自分を生かすことは難しくなるでしょう。それこそストレスだらけになってしまいます。以上のように、それぞれが自分の本質を生かせる環境を選んで、自分を完全燃焼させることです。

では、何を変えればよいかというと、価値観・考え方なのですが、どんな価値観、考え方にすればよいのでしょうか。幸せで生き生きとした人生を送りたいのなら、そうなれる運命のしくみを知って、その方法を受け入れるのです。徹底して潜在意識の奥まで自分の価値観、考え方を変えることができたら、努力しようと意識しなくても、知らず知らずのうちに行動できてしまうものです。

理屈では分かるが実践ができないという人は、その思いがまだ本物ではないのです。本気でなければ、行動とはなっていきません。なぜなら、人間は何もしないほうが楽ですからね。本気になりたかったら、そうなれるまで、自分のなりたい方向の書物を繰り返し読んだり、人のお話を聞いたりするのです。また、自分が目標とする人の生活をあらゆる角度から真似てみる、そういう方法もあります。

とにかく、潜在意識の奥まで考え方を変える以外に道はありません。ただひたすら実践することです。すると、あなたの個性が引き出され、自分に自信が持てるようになれます。生き生きと輝き出してきます。

自分の心が満たされれば、おのずと感謝の心も湧いてきて、嫉妬心や劣等感などどこかへ行ってしまいます。幸せのおおもとは、感謝の心、足るを知る心です。どれだけのものを与えられていても、足るを知る心のない人は幸福感を持てないでしょう。

自分の本質をつかみ、それを生かしきる努力をして輝きが増してくると、自分を変えたいという不満はなくなります。ただただ自分の個性を生かしていける喜びばかりになるのです。

運命の貴族となるために

『運命の貴族となるために』（ジョン・マクドナルド著　山川紘矢・山川亜希子訳　飛鳥新社）という書物に出合ったのは、八年以上も前になるでしょうか。その題名をとても気に入ってしまい、買い求めました。

運命の貴族――何と素敵な表現でしょう。その貴族となるための一つの法則として、次のように記されています。

「何事にも心を開いて取り組み、自分の成長と安らぎと幸せになることを、喜んで学ぼうとする人は賢い人です」

また、自分自身にとって最高にためになる態度として、次のように記してありました。

「私はこれらの教えに対し、心を開き、中立的な姿勢で、自分が得られるものは全部吸収しよう。そして、今現在、私に理解できない事実や、信じられない考え方や、主張があっても、そうだからといって、それが正しくないとはいえない」という姿勢であると。

私は、これまで多くの相談者と接してきました。ご自分ではどうにも対処できなくなって救いを求めて来られるのですが、こちらの助言が今までの自分の考え方、知っていたことと違うと、受け入れてみようとすらしない人が多く、心が痛みます。釈尊の「縁なき衆生は度し難し」の心境にさせられます。

具体的な助言を求められた時には、「素直に私の言うことが聞けますか？」と確認してみます。しかし、良いと言われることを何でもやってみようと本気になれる人は少ないのです。「今現在、自分が理解できない事実があっても、それが正しくないとはいえない」と受け入れることは、大変難しいことのようです。

今の自分を変えることなく、しかも何も失わず、問題解決してくれる人でなければダメと思うようです。まるで魔法使いを求めるかのように——。しかし、そんな虫のよい話などあるものでしょうか。

私は、いつも最高の方法を求めて生きてきました。しかし、「これが絶対最高の方法」と思ったことはありません。なぜなら、私のまだ知らない世界に、もっとすばらしい方法があるかもしれないと思うからです。だから、「今の私が知っている最高の方法をお伝えします。しかしもっとすばらしい方法に気付き、確信が持てるようになれば、それらを求める人々に惜しみなくお伝えしていきます」という姿勢を貫いています。その結果、私は確実に運を味方につけることができるようになれました。

自分をもっと強運の持ち主にと願うあなたへの提言です。ご縁のあった方からの助言には素直に、謙虚に耳を傾けてみましょう。神様からの重大なメッセージであるかもしれません。そのことが、強運の人となれるための第一歩となるかもしれません。

強運を呼ぶ積徳

「徳」について、二つの分類をご紹介してみたいと思います。

《天徳・地徳・人徳》

人徳　自分自身を修養して高めている人格面、その人物の人間的色合い、魅力。

地徳　前世において、自分がどれほどの徳を積んできたかという過去の徳分。

天徳　根源的な信仰力を持っている人間に備わる悟り、叡智、パッとひらめく発想、才能、霊的素質。危急存亡の折に助けを得られる。

《五徳》

智徳　バランスの取れた学問知識を身に付けることによって備わった徳。

仁徳　人を助けたり奉仕することによって備わった徳。

礼徳　自分の気持ちや立場を相手に伝えることのできる、礼儀礼節という徳。

信徳　信頼を得たり、財を引き寄せることのできる徳。

義徳　正義感、約束を守る、筋を通す、きちんと自己規制し、バランスのとれた出退を心得ることのできる徳。

以前、マンションの構造偽装騒動が起きた時、私は基本的に「運は自己責任」と、発行している機関紙に記しました。すると、数名の読者から「なんてかわいそうなことを！」とのお声をちょうだいしました。

確かに、考え方や生き方は自由です。しかし自由であるかわり、その結果にはやはり、各々が責任を持つべきです。だからこそ、多くの人は知恵をもって努力するのです。

大体において、昔から「安物買いの銭失い」「安かろう悪かろう」と言われてきました。「うまい話には気をつけよ」など、私は年寄りから耳にタコができるほど聞かされて育ちました。不幸に巻き込まれないための知恵を、先人は「格言・ことわざ」などで見事に教えてくれています。それらを無視して、目先の欲に走って買った安過ぎる物件は、欠陥マンションであった……、しかし、知恵ある人は手を出さなかったはずです。もちろん、騙す人間は悪いのですが、そんな人間が存在するのはいつの時代も常のことです。世の中はそんなものなのだということを知るのも大切な知恵です。

そういう知恵を身に付けていなかったがゆえの不幸、それは誰のせいでもありません。すべて自己責任、自らを反省すべきことなのです。人は皆幸せになりたいと思って生きているはずです。だからこそ知恵を身に付け、努力もします。その知恵を身に付ける努力をせず、先に紹介したような智徳を積んでいない人間は、強運を呼び寄せることなどできません。

かわいそうだと、ただ同情してあげて、自分はそれで気持ち良いかもしれません。しかし、それで不幸な人は救われるのでしょうか。単なる自己満足でしょう。私財を投じてでも、そのかわいそうな人たちを救ってやる（仁徳）とでもいうなら話は別ですが……。しかし、そうして救ってもらっても、人間が本来あるべき姿を学ぶという努力をしない人は、また同じ失敗を繰り返すことになるでしょう。

えてして、そういう人は、たとえ情けをかけて助けてもらっても、感謝することを知らないものです。だから、一見冷たいようでも、同じ失敗をしないですむ「知恵という徳」を積めるように教えてあげるのが、本当の親切ということになります。

人間はまず、正しく生きたいという義の心を持つことが必要です。すると、そのために必要な知恵を得たくなります。知恵を得ると心に余裕ができ、人を思いやる仁の心が湧いてきます。すると、礼儀礼節をわきまえることもできるようになります。義・智・仁・礼の徳を備えた人間は、自ずと人からの信頼を勝ち取ることができます。人からの信頼は、財をも引き寄せます。また、人の信頼は、地位、名誉、名声にもつながっていきます。そして、いよいよあらゆる面で強運を呼び寄せます。この流れが、強運を呼び寄せていく順序です。

自分が生きたように、人生の結果は映し出されます。すべての事柄は、自分の生き方が引き寄せています。それを知る者は幸いです。

自分の徳のなさは棚に上げ、国家に「補償せよ!」と叫んでいる人たちの姿は、かわいそうではありますが、卑しく、醜いばかりです。彼らが求める「国家の補償」とは、他人様が努力して納めた税金で賄われる性質のものなのです。われわれは、心していきたいものです。

不運を呼び込む矛盾

私の学んでいる運命学の一つに『算命学』（故・高尾義政先生の教え）があります。算命学では、運を伸ばしたければ、自分の本質と立場（環境、職場や家庭など）と生き方（手段）を矛盾なく一線に置けるように努力することと教えられております。

一例を挙げますと、守り型の本質を持つ人が、人を攻撃する型の仕事に就いている（立場）とします。この人の場合、本質が守り型であるから、生き方は引っ込み思案の傾向となります。すると本質は守り型、立場は攻撃型、生き方は引っ込み思案です。これでは矛盾が起きます。その矛盾を解決しないで、いくら努力しても、神仏に祈ったとしても、運は上昇しないのです。

どうすればよいかというと、攻撃型の職業を辞めて本質にあった職業に就くことです。すると矛盾がなくなり、おのずと運は上昇していきます（算命学会発行『神の科学Vol.79』算命学講話集参照）。

しかし、以上のように指導されてもなんだかんだと理由をつけて、実践しようとしない人が多いのが現実です。そういう人に限って愚痴が多く、他人や社会のせいにしたりします。これがまた矛盾なのです。変化を望まないのであれば、運の上昇がなくても、それを自己責任として受け入れるという道で、筋を通すべきです。今あるものを、思い切りよく捨てる勇気がないのでしょうが、自ら求めない人には、他人はもちろん、神仏ですら手を差しのべようがありません。

以上のように、たとえ本人が「努力しているのに！」と言い張っても、不運の人の生き方には矛盾があります。つまり、筋が通っていないのです。

また、運気は個人のみならず、国や地域にも影響するものです。今の社会を見渡してみると、何と矛盾だらけでしょうか。当然活気のある良い世の中であるはずがありません。

私が強く感じた矛盾の一つに、平成十六年に起きた新潟中越地震の被災地の人々の姿勢があります。被災者の方々には当然、ご同情申し上げていますし、明日はわが身と心を引き締めてもいます。が、あえて批判を恐れず申し上げたいのです。

あの地域はまぎれもなく故・田中角栄元首相のお膝元です。全国からの批判を浴びながらも、角栄氏によってかなりの地域が開発されたのではなかったでしょうか。角栄氏と地元の利害が一致し、神様とあがめられ、胸像まで建立されていたといいます。しかし、その時の報道によれば、台座がずれてしまったその胸像を補修しようという気配もなく、多くの有権者は、「神様だったのはすでに過去のこと」と冷ややかであったそうです。

これは大いなる矛盾ではないでしょうか。日本中が何と批判しようとも、角栄氏によって地域が受けた恩を子々孫々まで伝えていくのが筋というものではないでしょうか。私は非常に人の身勝手さを感じたのです。あれだけの被害に、目の前のことで精一杯であるのもやむをえないとは思いますが、一刻も早く以上の矛盾に気付いて筋を通してほしいものだと私は思うのです。また、われわれも、他人事としてこの件を受けとめるのでなく、自分の地域はどうか、自身はどうか、振り返ってみる必要があると思います。

人の生き方に、それが良い、それが悪いという定義はありません。これは個人のみならず、国の有り様《あよう》（つまり国体）という点でも同じことがいえます。しかし、そこに矛盾があるということが問題なのです。

外国のことはともかく、日本国の現在の状態を見ていると、本来の国体の有るべき姿と現実の有様が違いすぎることばかりが目につきます。為政者の暗愚は天変地異を増やすと言われ、また、歴史が証明しているところでもあります。どうか一日も早く、政府にも国民にも気付いてほしいと思います。矛盾が不運を呼び込むのだと、ひいては国をも滅ぼすことになるのであると。

自然の摂理に反する矛盾は、容赦なくわれわれに不運として降りかかってくるのです。

運命の崩壊現象

子供の学校給食費を払わない保護者が増えているそうです。払わない人の中にはベンツなどに乗っていたりする人もいて、十分に払える力があるにもかかわらず、ということです。大方は「確信犯」というべきものでしょうから、どんなに傍《はた》が批判しても、それだけでは効なしでしょう。

このマスコミ報道にふれて、私は十数年前のみじめな出来事を思い出しました。息子が高校生の時、授業料の支払いが間に合わない事があったのです。

私は長く患い、母子家庭ゆえ、経済的にもどん底に突き落とされていました。公立高校のわずかな金額の授業料ではあったのですが、それでもかなわなかったのです。息子に恥ずかしい思いはさせたくないと、必死でやりくりをし、何とか引き落とし日に間に合わせる、そんな毎月の繰り返しでした。

ところがある月、授業料の引き落とし日の三日程前に高熱を出してしまったのです。前日にはお金の都合がつき、口座に入金できる予定にはなっていたのですが、高熱の身体ではどうにもならず、銀行へは行けずじまいで、結果的に引き落とし日に間に合いませんでした。息子に頼めばよかったのですが、何しろ身体がきつく、とてもそういう気も回らなかったのでした。

後日、息子は担任に呼ばれたそうです。「母親が高熱を出してしまっていて銀行へ行けず、間に合わなかった」と詫びたのですが、担任は、「毎月決まっていることなのに、前もって準備しておかないなんて、お前のところはだらしがないぞ」とおっしゃったというのです。私が泣きながら、「恥ずかしい思いをさせてしまってごめん」と謝りますと、「仕方ないだろう、泣くなよ母さん」と、息子も涙を拭いたのでした。

その頃の私の人生は、努力しても、いや、努力すればするほど、それ以上に足元をすくわれるようなことが次々と起こって、何度も何度もどん底に突き落とされる有様でした。人様からは随分蔑《さげす》まれましたが、「なぜわが家は不幸なことばかりなのだろう」と、その原因を知りたくて、少女時代からいろいろな教えを求めて歩んでいました。

そうして確信できたのは、「かつて何らかの形で人を苦しめてきた家系、自分の過去世なのだ」ということでした。そして、「だったら、その反対のことを徹底してやってみよう」という決意をしたのです。

以来、自分はどれほどつましく暮らしても、人様のためには、真心でもって精一杯のおもてなしをさせていただくことを心掛けるようになりました。先祖の事には特に心を尽くし、神様を通してのお詫びの行や感謝行、また世のため人のために活動していると思える団体などにも、できる限りの支援をさせていただきました。お金の面でも貯金額が百七十万円に達すると、そこから百万円を神様に奉納してお詫びの印を表わしたり、これはと思う団体に寄付したりということを、何度もさせていただいたりしました。

しかし、(神様は別として)この世はさまざまです。私は真心を届けたつもりですが、物だけはしっかり受け取ってくれても、こちらの心は受け取ってもらえないことのほうが圧倒的に多いのです。そういうときには、過去世で私は何か借りをつくったままであったのかもしれない、今世でまた出会わせてもらって、その相手にお返しをさせていただけたのかもしれないと思うことにしていました。

幸いに、私には「陰徳を積む」という教えもありました。たとえ相手がこちらの行いを善意で受け取ってくれなくても、その心、行いが誠からであるならば、天が受け取ってくださり、陰徳を積むことになる。そしてその結果は、望まずともやがて自分に返ってくるのだ、という教えです。

私はそれを素直に信じ抜きました。世の多くの人から見たら、「狂気の沙汰」としか思えないようなことを、私はし続けてきたのです。これくらい徹底したことをしなければ、吉田家は「徳切れ状態」から脱出できないのだと感じていましたし、覚悟の上でのことでしたから、私にはそれを実践できることがこの上ない喜びとなっていたのです。

自分のための物質的欲望など、必要最小限のこと以外には何も湧いてこなかったのですが、「狂気の沙汰状態」を続けているうち、気付いてみると、私の運命の流れは確実に変わっていたのです。つまり、「必要なものが、必要な時に、必要なだけ与えられる」ようになっていたのです。私が必要だと欲しなくても、天がそう思えば、与えてくださいます。執着して今手許に貯えておかなくても、必要な時がくれば、その直前には必ず与えられます。お金でも、人でも、物でもです。今の私は、そんな運命を呼び寄せることができるようになりました。そして、不安なく確信に満ちた日々を過ごさせていただいています。

人様に昔の苦労話をして聞かせても、皆一様に、「とてもそんなことは想像つかない。満ち足りて幸せな人生を歩んできたとしか見えない」と驚いてくださいます。それがまた、私には何ともうれしいことなのです。

このような大安心の世界があるというのに、それを知らずに、また知っていても信じられずに、迷い苦しんでいる人々が何と多いことでしょう。まるで今の世は我鬼地獄です。教えてあげたいと思うのですが、いくら伝えようとしても、振り向く人は本当に少ないのです。私の伝える力が足りないからなのでしょうか、それとも「縁無き衆生は度し難し」だからなのでしょうか……。

息子の高校時代の担任に「だらしない」と言われた時は、形容する言葉を見つけることができないほど、みじめに感じたものです。しかしあの言葉がなかったら、不運からの脱出のための実践行を、ここまで徹して貫くことはできなかったであろうと思います。人間は、どれだけ数多くの知識があっても、知っているだけではだめなのです。たとえ難しい言葉など知らなくても、徹して実践してみることなのだとつくづく思います。やっても良い結果が出ないのは、自分にとって、まだ良いことの実践が足りないだけなのです。

給食費を払わない（払えないのではない！）確信犯の保護者たちにも、やがていつか、必ずや法則どおりの「運命の崩壊現象」が襲うことでしょう。身勝手を自由と勘違いしている人が多いのです。かつての私もそうであったのですが、やがて与えられるであろう結果は、たとえどんなに過酷なものであっても、自己責任として受けとめなければならないのです。これこそが「真の平等」といえるのではないでしょうか。

給食費を払わない類の人間は、もしかしたら「今世、貧しさに苦しまねばならなかった私」の過去世の姿であったのかもしれないと思うこのごろです。

上り坂・下り坂・魔坂の坂

「私も、パープリンだからカウンセリング受けようかしら」

相談室に飾ろうとスズランの花を買って領収書をお願いしたら、どんな仕事かと聞かれて、「カウンセリングです」と答えると、花屋の奥さんはそう言ったのです。私はあ然として次の言葉が出ませんでした。

「パープリン」って、つまりは「バカ」ということですよね？　私のところのカウンセリングには、バカな方は来ません。苦しみの中にはいるけれど、真剣に人生を求める人だけです。「私もパープリンだから」とは、なんという言い草でしょうか。言いたいのなら「私は」と言っていただきたい。そんな言葉を発するのは、常日頃人を見下げているからです。しかも、商売人が客に向かって何と失礼な言葉ではありませんか。

私はおとなげなく、心の中で怒りを爆発させてしまっていました。この花屋だけではありません。世の人は、カウンセリングというと、異常に好奇心を向けてくるのです。自分の人生が今幸せだからといって、明日もずっと幸せだという保証なんてあるのでしょうか。大きな問題にぶつかった時、誰かに助言を受けたいと思うことが、そんなに恥ずかしいことなのでしょうか。人の不幸はそんなに興味深いことなのでしょうか。自分だって、いつそんな状況に追い込まれないとも限らないとは思えないのでしょうか。そんな謙虚な考え方はできないのでしょうか。私はいつも不思議に思うのです。

お世話になっているお寺での法話に、「上《のぼ》り坂・下《くだ》り坂・魔坂《まさか》の坂」というお話がありました。とても心に染みたのを覚えています。

「人生は、山あり谷あり――、当然のことである。それを、上り坂、下り坂という。しかしそれだけではない、人生には「まさか!」という坂がある。「まさか」とは「魔坂」である。文字どおり、その坂が恐ろしいのである。どんなに立派に見えた人でも、容赦なく、その魔坂の坂を転げ落とされる運命になることもある。だから、いつも謙虚に人生に取り組まなければいけない。そして、目に見えない魔坂の坂の芽を摘んでおくことが大切なのである」

以上のような内容でした。

私の相談室に来るほとんどの方が、まさかこんなところ(これも失礼な話かと思いますが)に相談に来なければならなくなるなんて、考えてもいなかったとおっしゃるのです。原因はいろいろあるでしょう。しかし人間順調なときは、なかなか謙虚になれないもののようで、魔坂の坂を転げ落とされてみて初めて人生の本当に大切なものに気付くようです。生まれ落ちて物心ついた時から、ずっと苦悩の連続であった私など、そういう意味では幸せ者だったのだと素直に思える時が多いのです。

人生で恥ずかしいことは、魔坂の坂を転げ落とされることや、人に相談しなければ乗り越えられないということではありません。本当の恥ずかしさは魔坂の坂を転げ落とされても、真剣に前向きにそれと向き合えないということではないのでしょうか。

また、最も尊いことは、魔坂の坂にさしかからなくても、人の不幸な立場を思いやり、自分も謙虚に生きられることではないでしょうか。

そんな当たり前すぎることを考えながら、私はスズランの花を活けました。相談者と楽しもうと思ったスズランの花も、心なしか悲しげでした。

えたいのしれないコンプレックス

えたいのしれないコンプレックスに悩む方は多いようです。私の相談室にも数多くいらっしゃいますし、何より私自身がかつてはその一人だったのです。

「こんなコンプレックスに苦しんでいる」と打ち明けられても、傍で見ている私には、まったく悩む必要など感じられない内容であることが多いのですが、「悩む必要などはない」とどんなに慰めてみても、効果はありません。そのコンプレックスが一体どこから来ているのか、その根っこを突き止めないとダメなのです。

大概は出生の問題に行き着きます。両親と円満でない場合がほとんどです。つまり、不和である両親から生まれてきた自分の出生を喜べないのです。そうすると、自分の運命を自ら破壊していくということになります。顕在意識がそうさせるのではなく、潜在意識の働きですから、自分ではどうにも対処のしようがなく、支離滅裂な行動になってしまうのです。

具体例として、父親を憎んでいる場合には、社会では目上の人や上司などの年長者、つまり権威の象徴であるものと衝突しがちです。反抗心から、わざわざ憎まれるようなことを無意識にしてしまい、失敗を重ねるのです。特に女性が父親を憎悪していると、男性との恋愛関係や結婚生活が不幸に終わることが多くなります。また、母親を憎んでいる場合は、同じ理屈で女性とうまくいかなくなります。

私の相談室でも、何かあれば私の指導を求めてくるのに、理屈にならない理屈をこねて、やたらと私に反抗してくる若い男性が少なからずいます。そういう方は必ずというほど、母親との問題を抱えています。つまり、私は母親代わりの存在になるのです。

では、どうやって両親との葛藤を取り除けばよいのでしょうか。

親といえども独立した存在です。相手を変えることはできません。自分が変わることです。まず、必要があって、意味があって、その親の元に生まれてきているという「運命のしくみ」を知ることです。次に、「お父さん、お母さん、ありがとうございます」と徹底した感謝の祈りを捧げます。最初は心と裏腹で苦しいでしょうが、親孝行したいというのが人間の本性ですから、祈りによってその本性が引き出されてきます。そして、祈りの中で思いつく親孝行を精一杯してみるとよいのです。この世での親との縁をなくした方は、親代わりと思い、他人である年配者を助けてあげるとよいでしょう。また、命の根元であるご先祖の供養を、真心を込めて、徹底して行っていくことです。

それでも、親がこちらの気持ちを受け入れてくれない場合も少なくありません。親といえども、相手のあることですから、仕方がありません。しかし、以上のことを自分自身が納得できるようになるまでし尽くしてみると、不思議とえたいのしれないコンプレックスから解放されます。そして、爽やかな人生を歩むことができるようになります。

親との縁を素直に受け入れることができるようになってはじめて、人間は本当の生き甲斐を発見することができるもののようです。それは、強運の人になるための重大な一歩ともなります。

人生の臨界点

物事を成すとき、努力に比例してすぐに結果が出るというものではありません。努力しても努力しても結果が伴わず、むしろ悪くなっていくように思えることすらあります。それは、臨界点というものがあるからです。臨界点に達してはじめて、物事には変化が起こるのです。

例えば、かたくり粉を水で溶いて熱を加えていっても、なかなか透明にはならない。ところがある時点に来ると、突然透明になって固まってきます。この時点を臨界点といいます。そして、それは良いことに存在するだけでなく、悪いことにも存在します。

かつて実際に起きた、東海村の原子力関係会社での臨界事故がよく物語ってくれています。間違った方法をとってもすぐには悪い結果にならなかった。それで高をくくって、その悪い方法を十七年間も続けていったのです。すると十七年目に、突然臨界点に達してしまったのです。その後のことはご存知のとおりです。すべて取り返しのつかないことになってしまいました。

人生の問題でも、世の中を甘くみて、高をくくって悪いことを続けてきた人が、ついに臨界点に達してしまい、取り返しのつかないことになる。その結果破滅状態に陥っている人が、この現代の世にはなんと多いことでしょうか……。

この人生問題における臨界点は、必ず今世に生きている間に来るものとは限りません。来世までも、来々世までも追いかけて来ることもあります。だから、どんなに多くの人が悪いことをしていても、決して自分まで悪くなってはいけないのです。

運命の貴族になりたくて、輝いて生きる人になりたくて、私の相談室にはアドバイスを求めてたくさんの方々がいらっしゃいます。その方々に、私は「良い方法はなんでもやってみるのですよ、そして時期が来るまで信じて待つのですよ」と助言します。どんなに真心でもって手入れをしても、ヒマワリはあの暑い夏が来なければ咲かないように、私たちの運命の花もそれぞれ咲く時期が違います。

打つ手はすべて打った、後は臨界点という時期が来るまで信じて待つ。神様は、その修行を成し得た人の上にのみ微笑まれます。この修行に勝ち得た人のみが、真に強運の持ち主になれるのです。

信じて待つのですよ！　負けてはダメですよ！
待つという修行が一番難しいのですよ！

因果経に学ぶ

わが研究所では、積極的に他団体の催し物にも参加し、交流を図らせていただくことを心掛けています。集団で行動をとると、普段の学びの成果を確認することができるものです。私は、会員たちが皆キラキラ輝いて、テキパキと気持ち良く行動してくれることを、いつも誇らしく感じています。

なぜこんなに清々《すがすが》しく振る舞えるのか理由はたくさんありますが、威力を発揮している一つに、法華行者に施していただく「秘法・秘妙」があります。これは、運命の根腐れ状態への根本対処法となります。

運命の根腐れ状態とは、本人が輪廻転生の中で作ってきた悪業や、家系が積んできた悪因縁の作用です。植物でも根腐れをしてしまうと、どんなに肥料や水をやっても、生き生きと成長することはできません。私たちの人生も同じですので、運命の根腐れ状態を解消する必要があります。

世の中には、「神仏に頼るなど、無能な弱い人間のすること」と、はっきりと批判してくる方も少なからずおられます。私もそのとおりだと思っています。まさに弱い人間である私なのです。ですが、そんな自分でもこうして生かされている——素直に弱い自分を認めて、神仏のふところに抱かれて生きる、私はそんな生き方を決して恥だとは思っておりません。

強い方は、それはそれで大変すばらしいことなのですから、ご自分のお力で立派に生きられればよいと思います。

しかし人間には、「明日も絶対順調にいく」という保障などないようです。追い詰められて、助言を求め、私の相談室に来られるほとんどの方は、「こんなことになるなんて思いもしなかった」と言われます。そのような相談者にして差し上げる助言の一つに、『因果経』がありますので、それをご紹介しましょう。

因果経

前世の因を知らんと欲せば則ち
今世に受くる処の者是れなり
後世の果を知らんと欲せば則ち
今世に為す処の者是れなり

とあります。この中に出てくる因果には、次の四通りがあります。

【順業受業】

これは現世で行った「業」（善悪の行為）の結果が、ただちに現在または現世のうちに現れ、その因果を受けること。

【順生受業】

これは現在の業の結果を現在また現世のうちに受けず、次の人生、または次の世代の者がその因果を受けること。

【順後受業】

これは現在の業の結果が、現世でも次の世代でもなく、次の次の世代の子孫の者がその因果を受けること。

【順不定業】

これは現在の業の結果が時期も定まらず、またその結果を受けるか受けないかも分からず、不意に現れること。

その業、行為も、これを消すだけの善業を行うか、神仏に告白して、過去の悪事を懺悔することで解除できます。

秘法　因縁消滅・懺悔罪障消滅

秘妙　加持修法または、追善供養

（『本化祈祷妙典』より）

これらは、お世話になっているお寺の御上人様よりお教えいただいていることです。私たちは、「秘法・秘妙」を施していただくことで、目に見えない世界への不安を取り除き、大安心の境地に住まわせていただくことができるようになりました。かつての私のような、どんなに前向きに生きようとしても、いつも何かに足元をすくわれてしまうという不安は解消し、清々しい日々を生かしていただいています。

弱い自分なのだということに気付けたことで、逆にキラキラ輝ける幸せを手にすることができたのが、わが研究所に学ぶ会員たちです。

2

ワンランク上の生き方

一流をめざすこと

「小さなお客様ほど大切にしなさい」

営業の仕事をしていた若い時、上司から耳にタコができるほど言われたことです。今思い出しても、その上司は物の分かった人だったのだなと感心します。なぜなら、今の俗世間を見渡してみても、そのような器の人物にはめったにお目にかかれないからです。

とあるホテルで開催していただいた、私への祝賀パーティーでのことです。わが研究所の会員たちが主催してくれて、すばらしいパーティーとなりました。若い会員たちが、実によく立ち働いてくれたおかげです。また無名の私のパーティーですから、野心や邪心を持った人はただの一人もおいでにならず、真心からの人たちばかりのパーティーだったからでもあります。

しかし終了後、裏方を務めてくれた会員たちは、そのホテルへの不満がいっぱいでした。「前もっていろいろ確認しておいたあれもこれも、話が違っていた」というのです。そのほかにも次のような不満が出ました。

司会担当のA子さんによりますと、ホテル側に「祝電来ていますか?」と問い合わせると、「お宅にはありません!」。開演時間も迫ってきて、やはりそんなはずはないと再度問い合わせたら、「あっ、よそのところに紛れていました」と、何通も手渡してきたそうです。

極めつけは、開演間近になって、某県議がおいでになると、ホテルの担当者は途端に態度を変えて、そわそわしだしたことです。某県議には、特別の気の遣いようです（某県議が悪いのではございません、念のため）。

「吉田紬惠が無名だからなめているのよね。もう次はあのホテルを使うのはやめましょうよ。でもこんな田舎で、そんなに気の利いたホテルなんてあるのかしら……」と、若い会員たちは口々に訴えていました。

決してそのホテルに人材がいないわけではないのは、私もそのホテルでのいろいろな会合に出席して知っています。しかし、われわれのパーティーには、（はっきり申して）あまり気の利かない従業員ばかりを担当させたようにも思えてなりません。私たちの単なる思い過ごしであって、事実かどうか定かではありませんが、そのホテルの対応の数々は、少なくともお客であるわれわれにそう思わせてしまいました。二流三流たるゆえんです。

これが一流のホテルであったらどうでしょうか。決して客が無名だからとぞんざいに扱われることはないでしょう。またどんな客をも満足させ、次も使いたいと思わせてくれるのでしょう。今現在一流との評価を受けてはいなくとも、やがては一流の仲間入りができるでしょう。

会員たちはこんなに私を信頼してくれているのに、その肝心な私が無名なばかりに、悔しい思いをさせてしまいかわいそうに思います。しかしどんな有名人でも、最初は無名であったはずです。ただただ真の実力をつけていくのみなのです。

私のかつての上司が教えてくれた、「小さなお客様ほど大切にしなさい」とはまさにそういうことなのです。今は小さくても、こちらが真心を尽くして気に入っていただければ、やがて信頼されて、大きな仕事も任せていただけるようになります。

そんなこと誰でも知っていると思う人も多いでしょう。しかし、はたして今の世の中、知っているだけでなくどれほどの人が実践しているでしょうか。一度や二度の実践ではなく、長い人生でそれをずっと継続するかどうかなのです。継続できた者だけが、一流人としての称賛を勝ち取れるのです。一流人が少ないゆえんです。

当所の目標は、真の一流の人間をめざす道の探求と、実践の指導です。知っていてもやらない、できないのは、そのような志がないか、弱いかです。高い志を持つことは、何にも勝る成功への近道なのです。

間に合うということ

時間や約束事にルーズな人が増えています。頭の良い人の中にも結構そのような人がいるものです。

乳幼児期に可愛がられなかった子供は、時間の観念が育ちにくいと心理学では学びます。母性喪失の母親が増えており、また、乳児期から保育所へ預けられる現代は、そういう人間がますます増えていくでしょう。

しかし社会で生きていくには、それでは通用しません。時間にルーズ、約束事を守れないようでは、殊に仕事上での取り引きが成り立ちません。少なくとも民間では通用しないはずです。だからそういう人は、当然社会での落伍者になっていきます。運が悪いの何の、他人が冷たいの何のと、泣き言を言っても始まらないことです。良くも悪くも「運」は自分で呼び寄せるものなのですから……。

そういう、時間の観念を持てない人を観察してみると、物事に優先順位をつけることを知らないようです。それが必要な事柄には二つあります。先ず一つ目は、時間的に早く処理すべきこと、二つ目は、重要度です。どれを早く処理すべきなのか、重要さにおいてはどうなのか、それらを、自分の果たすべき役割の中で分類するという作業を、常にしていく必要があるのです。そのことができるだけでも、自ずと強運を呼び寄せることになります。

しかし、その優先順位を適格に付けられない人は、社会の要求に対して、いつもピント外れの行動ばかりしてしまいます。つまり、「間に合わない」ことだらけになるのです。当然、そういう人は他から当てにされなくなり、不遇となります。

何事においても間に合う人になるということは、決して、技術として、また一朝一夕に身に付けられることではありません。何でも早ければよいという類《たぐ》いのものでもなく、早過ぎず遅過ぎず、ちょうどよい塩梅、それが大事なのです。このタイミングを上手に掴《つか》めるようになるには、人間としての成熟の道筋を経なければなりません。

私は、『算命学』でその道筋、つまり人間の生き方のサイクルを学びましたので、ここにご紹介してみたいと思います。

人間の生き方のサイクル
― 算命学に学ぶ ―

〈自我の世界〉人間の運命的出発は、自我からです。我とは自分を守る本能といえます。

〈孤独の世界〉我を出せば、孤独になり寂しい思いをすることになります。

〈愛の世界〉この孤独感とか悲しさを味わって、それを通過した人間には、必ず本物の、愛情奉仕という心が自然と出てきます。その愛情によって、自分の次元も上がっていきます。

〈自負心の世界〉自分の次元が上がることによって、真の自尊心自負心が生まれてきます。本当の自尊心自負心とは、人から何を言われても、またどんなに嫌な人に頭を下げても、自分の心は傷つかず、相手の人間性そのものではなく、肩書きに頭を下げていくことができるようになる心です。

〈創造の世界〉すると次に智恵が生まれます。この智恵は既存の知恵ではなく、創造性・新しい世界を作る智恵です。

〈和合の世界〉次には和合性が出てきます。迎合ではなく、自分の本質を変えず、誰とでも和合できる心です。

〈雅《みやび》な遊びの世界〉和合性の次には、雅な遊び心が生まれます。本当の優雅な遊び心を持てるようになります。

〈蓄積の愛の世界〉余裕をもって雅な遊び心を楽しめるようになると、次に生まれるのは「間に合う」ということです。つまり機転が利くことです。

〈戦いの世界〉戦いの世界とは、理性のある動きができるようになること、つまり出る退くの機微が上手く掴めることです。すると、世の中に対して負けることを恐れないようになります。

〈伝統の智恵の世界〉理性の動き、出る退くが上手くできる人は、非常に次元の高い人間といえます。すると自然に、伝統の智恵が湧き出すようになります。人間の機微というものが身に付くと、古くから続いてきた伝統、先人の智恵（真理の智恵、当たり前の智恵）の素晴しさに気付けるようになります。こういう智恵が出てくる人間になって初めて、天から見て一人前の人間になったといえるのです。一人前の人間とは世の中の一番下から上まで、何処へ行っても常に通用する人間だということ、また自ずと光輝いて（オーラを発して）、大勢の人間を引き付けたり、明るさを与えたりします。

以上のようなサイクルで、人間としての成熟度は螺旋状に進み、次元を上げていくことができます。ますます磨きがかかり、輝きを増していきます。

このサイクルでも分かるように、間に合うということは、決して一朝一夕に身に付けることができるようなものではなく、人間として何度も「解脱《げだつ》」というものを繰り返して、初めて身に付くものです。

またこれは、自然界と一体になって生きるということを掴んで、初めて身に付くものでもあります。呼吸、息が合うというリズムです。人間智を一旦捨てて、大自然に対して大きく心を開いていると、直感的に閃きとして入ってくる呼吸のリズムです。ふっと閃いてきた時に、即実行する――そうすると不思議とピタッと合う、つまり間に合うのです。このリズムを掴めた人こそがまさに強運の人です。そして生きることがとても楽になるはずです。

一流の氣に触れること

私はこれまでの人生で、素敵に生きておられる方の書物を読んだり、お話を聞いたりを、数多くしてまいりました。そして、共通する法則のようなものを確信できたのです。その一つは、「芝居でも音楽でも何でもよいから、一流のものに触れる努力をすること」ということでした。

自分の専門とは直接に関係のない分野のものであっても、一流の人が醸し出す「一流の氣」に触れることで、自分も輝きを増していくことができるのです。何でも本物には、特別な波動があります。いわゆるオーラというものです。絵画でも音楽でも、そのアーティストの波動が乗り移っています。私も時に、ある一点の絵画の前で釘付けにされることがあります。技術を越えたものが理屈抜きに私の魂を虜にするのです。そういう体験を繰り返すことによって、感性が磨かれていくのを感じます。そしてその感性は、色々な分野に良き影響を与えてくれます。

人間教育であっても、基本は、絶えず本物（第一級の人物）の氣に触れさせることです。例えば、正直な人間を育てたかったら、親が正直であることに関して、第一級の人物であればよいわけです。昔は、その道を極め一流になるには、第一級の名人達人の傍で生活をさせてもらい、そして技術だけでなく、その名人達人の生活すべて、息づかいまで感じ取る教育法が採られていたようです。

徹底した実践は、現代社会ではなかなか難しいかもしれませんが、少しでも努力していくことはできるはずです。

前項でご紹介しました「算命学に学ぶ、人間の生き方のサイクル」では、雅な遊びの世界を教えられております。つまり、おおらかな気持ちが生まれてくると、雅な遊び心も生まれてくるのです。逆を言えば、良い波動の雅な遊び心を持つと、おおらかさも備わっていき、光り輝ける人になれるということです。

私の研究所では、皆で素敵なコンサートに出かけたり、美術鑑賞をしたり……を実践しています。また、地元の笠間焼や益子焼を楽しんだり、日々の生活の中のささやかなことも疎《おろそ》かにせず、皆で磨き合っています。土曜日の夜に開催する『幸せになるための生き方セミナー』の後など、話が弾みすぎてしまって、夜中に雅な遊びをしてしまうことも度々です。日本の歌のＣＤを聴いてうっとりとしたり、はたまた賑やかな音楽に合わせて踊ったりします。さらには、私の手持ちの洋服でファッションショーを開いて、皆でファッションの研究をし合ったりと、楽しすぎてそれはそれは大変なものです。

いつも一流の氣というわけにはまいりませんが、少しでもそれを目指していけばよいと思います。当所の会員の幸せな輝きの要因は、明るく雅なオーラを楽しみながらの、こんな遊びにもあるのです。

人に喜ばれる生き方のコツ

仏教の教えに次のようなお話があります。

ある人が地獄の食事風景をのぞいたら、皆とても長い箸を持って、目の前にあるご馳走を食べられず悪戦苦闘しています。次に天国をのぞいてみると、長いお箸とご馳走という状況は同じなのに、そこの住人は皆、幸福そうにご馳走を食べているというのです。

なぜでしょうか。

天国の住人は、箸が長すぎて自分は食べられない、だからせめて、他人には食べさせてあげようと、お互いに相手の口へ運び合っているのです。かたや地獄の住人は、他人のことなどまったく眼中になし。自分のことばかりだから、お互いに食べさせ合うという発想などとんと湧かないのです。

このお話は、まさに現代の日本の世相に通じているのではないでしょうか。多くの人が考えているのは、常に自分が得することばかりです。

しかし私の相談室には、お金や物がすべてと思い込み、それを追いかけてブランド品やグルメと生きてきたそれらの女性たちが、何か分からない空《むな》しさや不安に駆られるようになって訪ねてきます。また、利益追求のみのビジネスに走り続けてきた企業戦士たちが、疲れ果てて訪ねてきます。

私は、お金や物は世のため人のためお役に立つことをした時、必ず後から付いてきてくれるようになるものであると信じてやみません。「与えよさらば与えられん」という言葉があるではないですか。

最初、そんなこと現実にはありえないと半信半疑の方でも、当所に出入りしているうちに、吉田紬恵の生活が、「必要なことやものが、必要な時に、必要なだけ与えられる」見本となっていることを確認でき、目を見張ります。そしていつの間にか、人に喜ばれる生き方をしたいという気持ちが芽生えるようです。やがて、自分の生きる道を見つけることができると、知らず知らずのうちに物質への執着から解放されていきます。ブランドの洋服やバッグは持たなくても、生きる目標が定まり、自分への自信が持てるようになると、内面からの輝きもにじみ出てきます。

H子さんもその一人です。彼女が数年前に初めて私の相談室に来られた時は、襲いかかる数々の不運に翻弄《ほんろう》され、生きる意味をつかめずにいました。経済的に恵まれないことから劣等感のかたまりともなり、ブランド品や海外旅行を楽しんでいる友人たちへの嫉妬心にも苦しんでいました。また、かなりあくどい営業をしている不動産会社の経理事務を長いことしており、会社の不正の数々に関わらざるをえないことへの葛藤が続き、ついに適応障害と診断されてしまったのです。

カウンセリングを続けた結果、思い切って会社を辞めることを決意し、まっとうな会社へ転職することができました。そして、正しい仕事に携われるということが彼女に誇りを持たせ、自ずと明るく振る舞えるようになったことが、対人関係をもスムーズにさせました。人に喜ばれる生き方のコツをつかめた今、新しい職場で生き生きと立ち働いているようです。周りが皆驚くほど、彼女は今はピカピカに輝いて楽しそうです。ブランド品への執着などどこかに飛んでいってしまったわと、本人も笑い飛ばしています。

内面が充実すると、外側も光ってくるのですね。逆に、どんな立派なことを言っていても、内面がずるい人や卑しい人は、外見が貧相で卑しい顔立ちです。

お金や地位は追いかけるものではなく、追いかけられるものです。そのことを体得して、それらへの執着から解放された時、人は皆、魂の奥底から輝きを増せるのです。

とにかく、正々堂々と生きよう！

全国各地で賽銭《さいせん》泥棒が横行しているのを、読者の皆様はご存知でしょうか。

わが研究所は、人生指導の柱の一つを産土神様《うぶすながみさま》信仰においているので、全国の相談者からその情報が入ってきます。どこでもかしこでも、賽銭が盗まれているらしいのです。当地でも例外ではありません。「特に神仏冒瀆《ぼうとく》の罪は七代祟《たた》る」と昔の人はよく言っていたものです。

この話をすると、「まったく呆れたことだ」という顔をする人は多いのですが、しかし、果たしてどれだけの人に賽銭泥棒を笑う資格があるのでしょうか。立派な立場にある人の不正発覚の数々、特に公務員のそれには腹が立つのを通り越して、「今に天罰が下るから……」と私は呟《つぶや》いています。大きな不正ばかりではなく、小さなことでも同じです。

当所に集ってくる人の中にも、最初は似たり寄ったりの人が少なからずいます。資料のコピーが大量に必要になると、決まって「職場でコピーしてきます」と得意気に言うのです（大体が公務員）。私はすかさず、「それは泥棒というもの、賽銭泥棒を笑っているが、同じようなことなのだ」と教えています。また、すでに犯してしまった罪に関しては心から反省し、せめて三倍以上にして、何らかの形での償いをするように指導しています。そのことの重要さが分からない人は、当所にはついてこられないのです。

下っ端の立場にいる時に、何の疑問も感じずにコピー泥棒をしていれば、やがて偉くなって大金を扱える立場に立った時、さほどの抵抗も感じずに大きな悪に手を染めていくのでしょう。

「因縁因果の法則」を教えないどころか、そんなバカなことと嘲笑《あざわら》わせる戦後教育。「何事も原因があって結果が出てくるのだ」、たったそれだけのことが、現代人はどうして受け入れられないのか、まったく不思議です。故に、現代人の人相の何と貧しいこと！　とにかく卑しく貧相な人が多いのです。輝きなんてまるでありません。それらの人相から判断して、みんな何かしらずるい卑しい心根を持って生きてきたのでしょう。

正々堂々となぜ生きられないのでしょうか。「因果応報の理」を知ったなら、それだけで悪いことなどできなくなります。その上に、知らず気付かずに悪事をしてしまうこともあるのが人間だと分かれば、自ずと謙虚な生き方になれるものです。

しかしこのような社会でも、正々堂々と清々しい対応をしてくださる方も、わずかではありますがいらっしゃいます。

私は多くの方からお手紙等をちょうだいし、発行している機関紙にも紹介させていただいています。お名前を掲載させていただくとき、また匿名であっても本人の了解が必要と感じる内容は、お問い合わせをし、原稿チェックをしていただきます。つい最近も、東大名誉教授でいらっしゃるK先生からは、「たとえ私信の中にても、他人様に読まれて困ることは書いておりませんので、宜しき様にお使いください」とのお返事を頂くことができ、大変清々しさを感じたものです。

しかし、当方に批判的立場の方からは、掲載のお願いに対して「信義にもとる行為」「ご了見をお聞かせいただきたい」等と抗議をされることもあります。本人の了解なしに発表することが信義にもとる行為であるのは、当然のことであると私も理解しているので、そのような方のものは、もちろん掲載は控えます。しかし、個人的問題であるならいざ知らず、当方が投げかけた社会的問題等に対してのことです。たとえ私信という形であっても、なぜご自分の意見に正々堂々とされないのかなと、正直疑問に感じてしまうのです。

特に文書はいったん記せば、どんなものでも独り歩きしていってしまう可能性がありまず。有名人であると、恋文ですら高額で売りに出されてしまうなど、信じ難い世の中です。何事をするにも覚悟が必要なようです。であるからこそ、やはりどんな小さなことにでも、まさかと思うことであっても、正々堂々と生きたいものです。輝いている人には、そのような自信ある姿勢を見ることができるように思います。

卑ではない生き方

『粗にして野だが卑ではない――石田禮助の生涯』これは、第五代国鉄総裁・石田禮助氏の生涯を描いた書物（城山三郎著　文藝春秋）の題名です。十数年前に古書店で見つけ、それ以来私の愛読の一冊となっています。

当時、国会での総裁就任の石田禮助氏の挨拶は、「粗にして野だが、卑ではないつもりである」という異色のものであり、またそれを貫いた生涯でもあったといいます。私も誰に教えられたという記憶はありませんが、若い時から、卑しいことがどんなに人間として恥であるかを強く意識してきました。

「ずるいのは論外、どんなに苦しくても卑しい人間にだけはなってはいけない」と、自分にも子供たちにも言い聞かせ続けてきました。それをどこまで貫けているかは、見る人によって評価は異なるでしょうが、自分自身としては誇りを持って生きてきたつもりです。

「卑しさ」は正悪の問題ではなく、いわゆる品格という次元の問題です。昔の日本人が最も恥としてきたことであったのではないかと思います。

また卑しさは、物質、特に金銭のやりとりの時に、無意識のうちに出てしまうもののようです。普段は立派なことを言っていても、いざ金銭の問題を突きつけられると、つい卑しい本性を露見させてしまう、そういう類いの人間がいかに多いかを、うんざりするほど見せつけられる現代社会です。

逆に言えば、人の本性を観察するには、金銭の問題を提起してみるのが手っ取り早い方法ともいえます。なぜならその人の卑しさの度合い、つまり品性が、そのことで簡単に見抜けるのですから……。

『ふしぎな記録』（浅見宗平著 自由宗教一神会出版部）という書物の第二巻には、現代社会に対して、次のようなことが記してあります。

「地獄の沙汰は金次第、という地獄になった地球にお金をまわして、お金の使い方やお金の動かし方を神様が見抜き見通しでご覧になっていて、お金に不正のことがあれば、偉い人であろうが誰であろうが容赦なく裁かれる。まさに現代は最後の審判の時である」

お金は扱い方によっては本当に恐ろしいものになり、高をくくっているとやがて大変なことになりそうです。

私はある会合に参加した時、その会の代表の偉い先生が、「会の運営資金の寄付を募ったが、今回は一件も応募がない、一体どうなっているのか」と、参加者を前にして不満をぶつけるのを耳にし、ただあ然とした経験があります。少人数の会合であったため、つい本た。

音が出てしまったのか、私は、寄付金をもらえるのが当然と言わんばかりの口ぶりに驚き、非常に不快感を覚えたものです。そして、その会には二度とかかわりたくないと思いました。

　どんなに自分たちは偉くて立派なことをしていると思っていても、それはご自由であるのですが、しかしだからといって、寄付金をもらえるのが当たり前という、まさに卑しげなその態度にはあいた口が塞がりませんでした。その偉い先生には、下々の気持ちなどまるで理解できていないようです。大体そういう方は、金銭以外のことでも傲慢さが鼻につき、辟易することが多いものです。最近その会は分裂解散したようです。当然の結果です。

　現代日本の俗世間の卑しさには、もうすでにあきらめの心境でいる私ですが、せめて、神仏にお仕えする方や、この日本を真に良いものにしようと唱えている組織や偉い先生方には、卑しさを顕わにしないでほしいと念願します。

　私たちのような草の根運動をしている民は、どんな活動をするのでも、すべて自前を覚悟して取り組みます。その上に各種団体などへの会費や寄付金をも念出するのですが、そのこと自体は、覚悟の上のことなので、何ら問題ではありません。では問題となるのは一体何なのでしょうか。それは、偉い方に草の根の民からの寄付金などを、「当たり前」と勘違いされることなのです。

経済に余裕があるから寄付ができる、というものでもないでしょう。私も含めて多くの草の根の民は、何とか世を良くしていきたいと切に思い、苦しい経済の中でもやりくりをして、活動資金や寄付金を念出しているのではないでしょうか。本当に純粋な心で、清い心で事に当たっているのです。

喜び心で、誇りを持って差し出された寄付金などを、後味の悪くなるような傲慢な心や、態度で扱ってほしくはないと思います。また、決して当然のものではないのだということを、心の底から自覚して扱うべきであると思うのです。

いろいろな宗教団体や活動団体が抱える、きな臭い金銭問題のトラブルが、漏れ聞こえてきますが、私はそれを非常に不快に感じています。またそのことによって、大事な運動そのものの足元をすくわれやしないかと、不安に思うのです。

正義感を持ち、社会の悪に立ち向かおうとする時、よほど正々堂々と日々を生きていないと、たとえ一点の曇りであっても、そのことで敵に足元をすくわれてしまうという悲劇が多々あるのです。ゆえに、常に天に恥じないという気持ちで、人生を歩んでいくというくらいの自覚、覚悟が必要であるといえます。

人様から寄付金などをもらって動いている方は、以上のことをもっと推し量って、特に金銭は潔癖ともいえるくらい、謙虚なきれいな心で扱うという、強い意識を持つべきだと私は提言します。

ただし、これだけ卑しい人の多い世の中であっても、数こそ少ないが、大変気持ちのよい神社仏閣や団体も存在します。そしてそういう所はやはり、あらゆる面でいつも変わらず誠意のある対応をしてくださるし、しっかりとした実績も出しています。私は、それらの方々に多くを学びながら、自ずと「これからも、少しでも協力していきたい」という気持ちにならせていただきます。一事が万事なのです。

また広い世間には、私のような未熟者のことをも応援してくれる方もいてくださいます。私には何よりの励みとなり、ただ嬉しくて感謝の心でいっぱいです。そして、もっともっと、その方々の期待に応えていけるようになりたいと、私は心を熱くするのです。

石田第五代国鉄総裁の貫いた「卑ではない」生涯を、私も実践し続けようと、改めて固く心に誓ったところです。

人を動かすもの

私は以前ある会合で、お偉い方と知り合いました。そしてその後、その方からいろいろな通信物をちょうだいしましたが、無視し続けていました。

数カ月後、再度会合に参加すると、その方も来られていました。その方は私を見つけると近寄って来られ、参加者の面前で、「お礼の返事もしてこない」と私をののしったのです。「あなたのような人が、組織運動などできるものか」と、えらくご立腹のご様子でした。私は、「はあ、そうですか」と答えるのみでした。そこに居合わせた何人かがあとで、「あの方は誰にでもああいうふうで、陰では嫌われている」と私に告げ口してきました。しかし、その組織では偉い肩書きをお持ちのようで、みな表面ではとても敬意を表しているふうです。

私がその方に返事をしなかったのは事実です。ただし、横着をしてではありません。はっきり申しまして、その方が嫌いで、お付き合いなど真っ平ご免でしたので、あえて無視しただけなのです。返事がない、そのことも返事だと受け取ってもらいたいと思ってのことでした。

学歴や肩書きはなるほど立派でいらっしゃいます。しかし、自分はどこでもＶＩＰ待遇の人間であると自慢してしまうその人間性、自分ほど偉いものはないと言わんばかりで人に押しつける態度、卑しそうな横柄な人相。私はそれらに生理的嫌悪感を覚えたのです。その上、一流ホテル（ヒルトン東京ベイ）の名入りの封筒でたびたび送られてきたご立派な文章……これって、マナー違反だと思うのですが。ホテルにお泊まりになった時に名入りの封筒をたくさん手に入れてきて、それをお使いになっているのでしょうか？　しかも封筒の表には、ご丁寧に『贈呈』と記してありました。それらの一つ一つも鼻についたのです。

返事を差し上げなかったのは、いわば確信的犯罪であります。普段は、お世話になった方には真心を込めてお礼を申し上げたり、手紙を書くように努力している私です。また、お読みいただきたいと思う方には、発行している機関紙をこちらから一方的に送ってもいます。ですが、まったく返事をいただけない方には、私は必要とされていないのだな、拒否されているのかもしれないと受けとめることにしています。

それに、人間には時間に限りがあるので、付き合う人も選んでいかないと、物理的ににっちもさっちもいかなくなってしまうでしょう。私を交際する価値ある相手（たとえ、ハガキ一枚でも）として選んでもらえなくても、仕方のないことであると思っています。それが大人の世界であると理解しておりますので、相手をなじったりはしません。

しかし人に世話になったという場合は、話は別となるのではないでしょうか。次のようなことも体験しました。

ある選挙の時、主義主張に賛同して、積極的に応援させていただいた候補者が落選しました。その後、挨拶一つ来られないので、もうやる気もなくし、どうでもよい心境なのかと私は勝手に判断していました。それに、応援するほどの人でもなかったのかもしれないと、周りまで巻き込んでしまった自分の判断の甘さを反省したりもしていました。

ところが数カ月して、その方が突然現れたのです。これからも協力してほしそうです。が、私ははっきり申し上げました。「私たちなりに精一杯応援させていただいた。しかし、今まで挨拶一つないなんて、いくら立派なことを訴えられても、人の信頼など勝ち取れるものでしょうか」と。びっくりしたお顔をされていましたが、もう積極的に応援する気持ちは起こらなくなってしまっていたのです。

数え上げたらきりがないほど、このような例にぶつかります。現代人は何とも身勝手のようです。特に社会運動になどかかわっていると、各団体から協力要請やカンパのお願いがありますが、協力しても大体通り一遍の対応で、誠意など感じられません。自分たちは立派なことを言っているのだから、協力してくれて当たり前と思っているのでしょうか。

数少ないですが、きちんと誠意を見せてくれる方もいます。おおむねそういう方は、名実ともに立派な実績を出し、多くの信頼も得ています。ご縁が欲しくないなら致し方ないのですが、いざという時に協力してほしいなら、やはり常日頃から礼を尽くしておいたほうが得策であろうと思うのですが、いかがなものでしょうか。

東洋哲学の大家であられる安岡正篤先生は『人間をみがく「小学」を読む』（ディ・シー・エス出版局）で、次のように書かれておられます。

「国家とか、経済とか、宗教とか、法律とか、大きな議論をするくせに、人と応対一つ満足にできない、手紙一本ろくに書けない。事に当たると遺漏百出する。由来空疎は書生の通弊であるが、近代は特に甚しい」

心していきたいものです。結局、徳力が人を動かすのであろうと思います。

五分で、と言われたら五分で！

ある日、茨城の教育に関する大イベントに参加致しました。

前半の式典や講演は大変すばらしく感動的でありました。しかし、後半のパネル・ディスカッションの内容には驚かされ、また茨城県民として大変恥ずかしく感じました。

コーディネーターが、五名のパネリストにご自分の立場からの基本的意見を五分ずつお話しくださるようにと促しました。しかし、お一人お一人のお話が長いのです。結局五名で六十五分かかってしまいました。私の近くの席の男性など、「ナゲーンダヨー、講演じゃネーンダカラ、イイカゲンニシロヨー」と声を上げておりました。

このディスカッションは一時間半の予定で、茨城の教育について会場の皆さんとも意見を交換し合いたいということでした。しかし当然のこととして残りは二十五分です。

そこで、私は苦言を呈させていただきました。

「つくばから参加致しました吉田紬恵と申します。私は真のリーダーを育てるための、人づくりの仕事をしております。今、若者の指導で一番力を入れていることは、五分で話せと言われたら五分で話す訓練（ここで会場からワーッという笑いと大拍手）、三分で話せと言われたら三分で話す訓練です！

本日のパネリストの皆様に苦言を呈させていただきます。コーディネーターが五分ずつと言ったのに、私イライラしながら時計を見ておりましたら六十五分かかりました。このディスカッションは四時十分までとなっているじゃないですか！　場の状況を見て行動するということを教えるのは、教育の大事な柱だと思います！　しかし、本日の皆様は随分自分中心じゃないですか！　教育を語る資格に欠けると思います！」

ほぼ以上のような内容で、私は思い切り怒りを込めて発言致しました。イベント終了後、何名かの男性から、「ご苦労さん、アンタ随分勇気あるよ。俺たちも本当にイライラしてたよ」などと、お声をかけていただきました。

そして、その後日談です。

当所で学ぶB子さんは、公立学校教師です。彼女は、その日参加されていたという校長先生に、その時の感想を伺ってみたそうです。

校長「オメエと同じョ、つくばだっつうのが手挙げてョ、五分って言われたのに六十五分話したって威勢よく怒っていたョ。でもそういうところに目を付けるっつうのがオレラとは視点が違うんだ。大体五分なんかで話せるわけがネーンダ。イイ話なんだから聞き足りネーヨ」
B子「あらっ校長先生、じゃー今度の私の研修（I大教授から指導を受けるそうです）は六十分で発表しろということですが、九十分やりましょうか？　I大の教授が聞き足りないというと困るから……」
校長「ナーンデオメエ、いつからI大の教授になったんだ」
B子「やっぱり時間オーバーで話してもいいのは偉い先生だけですかネ？」
校長「そうだ！」
以上のやり取りが展開したそうです。しかし、その校長先生のおっしゃるように、偉い先生のお話は五分では無理というのでしたら、最初からそのようにプログラムするべきです。
茨城県としての大きなイベントだということを考えますと、とても見苦しい光景であったと思います。それはあの大拍手から判断しても、決して私個人の偏った感想ではないはずです。
それに、良いお話は五分では話せないというのもおかしな話です。無能であると言っているようなものではないでしょうか。人の上に立つ人は、偉くない若いうちに訓練して身に付けておくべき品格です。また、コーディネーターも手短かにと促すべきだったと思います。

以上、どれもこれも人間教育の大切な柱ではないでしょうか。子供の問題を語る以前に、教育する側の先生方の指導をまず徹底するべきだと、このような点からも思えるのですが……。小さなことと、無視してはなりません。茨城県民の品格が問われる恥ずかしい重大な問題であります。

出処進退をわきまえる

当所が主催するセミナーに、熱心に参加してくださる主婦M子さんがいらっしゃいます。

ある時、御主人の参加を申し込んで来られたので快くお受けしました。男性陣の参加が少ないので、会員共々大きな期待でもってお迎えしたのでした。私は新しい参加者がいる時は、基本的な講義をするように気遣っています。継続して参加しているメンバーは、当然復習という形になりますが、それでも不満ももらさず、新しい学びの仲間が増えたことを心から喜び、協力してくれるのです。

ところが、どうも彼の波動は、われわれと噛み合わなかったようなのです。若い女性会員たちに、私の指導とは違うことを教えているのです。彼女らは目上の男性であるため、はっきりとものが言えず戸惑ってしまっています。二度目に参加された時の雰囲気も、私の講義を聴く姿勢が挑戦的でした。当然、場の雰囲気は乱されます。

私はその後思い切って、M子さんを通して、御主人の参加をお断りしました。M子さんは私の主旨を理解されたようで、御主人にその旨伝えてくれました。ところが当の御主人は、「批判と批評は違う」などと言って自由を振りかざし、自分はこれからも参加すると応じなかったそうです。人を批判したり、批評したりすることそのものが生きがいみたいな方なのでした。しかしきっぱりとお断りしました。私は決して他人の批判や批評に耳を貸さないつもりでいるわけではありません。いつでも、あらゆることから学ぼうと真剣に生きています。

ではなぜお断りしたかというと、私のセミナーはあくまでも個人的な開催であり会員制をとっているからです。私を信頼して学びたいという方が、決して安くはない受講料を支払って参加してくれるものなのです。だから、その場を乱してもらっては困るのです。気に入らない人には来てもらわなくてもよく、むしろ来てもらっては迷惑です。

また、以前には次のような一件もありました。

自己主張の強いT子さんは、私の講義を途中でさえ切り、自分が講義を始めてしまうのです。最初はただあ然とするばかりで、どう対処したらよいのか、私も困ったものでした。

その後、折に触れて「そのあなたの行為は、出処進退をわきまえないというものであるのだ」と教え諭しました。この場は、私が主催者であり指導者でもあります。その私の講義を聴きたくて、受講料を払って会員たちは集まって来てくださるのです。たとえT子さんが、私よりも自分の講義のほうがすばらしいはずだと思ったとしても、それは、主催者である私や他の受講者たちにも失礼なことなのです。生徒の立場のときには、生徒に徹するのが礼儀なのであり、自分の講義を聴いてもらいたいのなら、自分の力で生徒を集めるべきなのです。以上が、筋というものであるのだと私は教えてあげました。

T子さんのその後はといえば、会員仲間からは、表向きは何事もないように振る舞ってもらえましたが、内心では嫌われたままでした。本人はかなり努力した部分もあります。しかし結局、幼い時に身に付けてしまった癖を直すのは大変であったようです。その後もトラブルが多く、彼女にはやめてもらわざるを得なかったのでした。

私自身も時には、民間主催の各種セミナーにも参加しますが、そのときは当然、生徒の立場に徹した立ち居振る舞いを心掛けています。しかし、やはりどこへいっても厄介者はいるのです。先生の講義を中断させて、自分が知ったかぶりの講義を始めてしまう、いわゆるでしゃばり者です。「あ～あ、どこでも同じだわ」と私はその都度、心の中でため息をつくのです。

自分が今置かれている立場をわきまえて出る退くの行動をする――つまり、出処進退をわきまえる、そういう基本的なことを教える親や教師、その他指導者はいないのでしょうか。

話は戻りますが、M子さんの御主人は、四十代半ばで、勤務先ではそれなりの地位におられる方のようです。しかし私は失礼ながら、他人から本当の信頼を得ることはできないだろうなと案じ、この件で何か気付いてくだされぱと願ったものです。その後M子さんからの報告では、職場でも同じような態度をとるので、他人からは嫌われていたとのこと、自分のどこが悪いのか、やっと気付かせてもらったと告白したそうです。陰ながら、彼の成功を祈ります。

出処進退をわきまえられる人間になること――それは当所の目標とする人づくりの大きな柱でもあります。現代の教育は、そういう大事なところが大きく欠けているように思うのです。権利の主張のみを教える弊害以外の何ものでもないでしょう。

言ったことは実行する、できないことは言わない

「約束は守る」ということは、私が強く意識していることの一つです。これが案外難しいのです。当たり前のことなのですが、できていない人が多いようです。私も時々失敗してしまいます。

守ろうと意識しても、実行できない状況に追い込まれることもあります。そんな時には、できなかったことへの対処の仕方が大切です。まず誠実にお詫びすることです。決して言い訳などして自分を正当化しないことです。

若い頃の私は営業職をしておりました。いつも、お客様との時間の約束があります。しかし道路事情とかで、どうしても約束の時間を守れない時もありました。今時のように携帯電話などありませんでしたから大変です。渋滞に巻き込まれてしまうと、まず電話ボックスを探します。見つからない時はガソリンスタンドに飛び込んで、電話をお借りして連絡を取る、という苦労を経験しました。

ある時、田舎道で迷ってしまいました。電話ボックスなどありませんし、連絡方法がないまま二十分程遅れて到着しました。お寿司屋さんでしたが、奥様が私の顔を見るなり、

「どうしたの〜？　何かあったんじゃないかと従業員たちと心配していたのよ〜っ。吉田さんはいつも時間を守る人だから〜」と言ってくださったのです。今でもそのお寿司屋さんに出かけていきます。

また、こんなこともありました。

以前お付き合いしていた方が、癌かもしれないというのでした。私は大変心配になり、神様に願掛け参りをして、「お守りください」と密かにお願いすることに致しました。高速道路を使っても往復二時間以上かかる神社に七日間、同時に地元の鎮守様にも二十一日間のお参りをすることに決めました。参り始めて二、三日後、その方は、あることで私に屈辱的な言葉を投げかけてきました。今でもまだ誰にもその内容を告白できないほどに私を傷付けた、ひどい言葉でした。当然お付き合いはやめ、その方とはお別れしました。

しかし、その方の健康をお願いして二十一日間のお参りを始めたばかりです。私はその方とは縁を切っても、神様との約束は破れないと思いました。それで約束どおり、二十一日間のお参りをやり遂げたのです。仕事の合い間の時間をやり繰りして神様の所に通いながら、涙があとからあとから流れてきました。

今でも、あの時神様との約束を破らなかった自分に誇りを持っています。若い会員たちが、信頼し付いてきてくれるのも、私が約束を破らない人間だからだと思います。

どんな小さなことでも、言ったことは実行する。もし実行できない状況になってしまった時は誠意をもって対処する。これだけでも、人との関係がとても気持ちの良いものになってきます。そして堂々と爽やかに日々を過ごせるようになります。

ところが現代人の多くはどうでしょうか。嘘、偽り、裏切りだらけのようです。私も仕事をしていると、人様から裏切りを受けることが多くあります。例を上げ出したらきりがないほど、いろいろな体験をさせられています。でも、そういう方を観察していると、何となく嫌な人相をしています。正々堂々と生きていかなければ、輝く人になれないのは当然です。

私の人生哲学は、「どんなに人が悪くても、自分まで悪くなる必要はない。神様に信じられる人間になる」です。人はどうであっても、私は約束を守る人間でいようと思います。そう決意して生きていると、不思議といろいろな場面で幸運が重なってくるのです。神様が導いて、守ってくださるのだと私は信じています。

レベルの高い人

広告担当の営業マンとの会話です。

もっと大きな広告を数多く、と勧める彼に私は言いました。

「今までいろいろやってみたけど、でも縁というものなのよね。奥の深い指導をしたいと思えば、対象はそれなりのレベルの人になるのよね。料金も同じで、低額の時はそれなりの人、高い料金にしてから、レベルの高い人と縁ができるようになったのよね」

すると、「先生のところには、お医者さんや、会社の社長さんや、弁護士さんなどが来るのですか？」と彼。

「？」と私。

あっそうか！　彼にとってレベルの高い人とは、医者や社長や弁護士なのだ、と気付くのに、私は少し時間が必要でした。

私の相談室には、今までいろいろな分野の人が訪ねてきました。医者も社長もふつうの主婦も、はたまた風俗関係の人も、東大出の人も中学卒の人も、金持ちも貧しい人も……。

しかし私は、医者や東大出の人を特別レベルの高い人として扱ったことはありません。またそれらの人が必ずしも、私の思うレベルの高い人であったわけでもないのです。

私が定義づけるレベルの高い人とは、人生に対して志の高い人、人間として品格をもって生きたいという思いの強い人です。今現在この世で、どのような苦しいみじめな状況におかれていようとも、それは関係ありません。そういう人でないと、どんなに『吉田廸恵人間理學』をもって助言させていただいても通じないのです。建前ではそうであっても、本音では違うと思っている人は、決して先には進めません。

人間としての志が高い人であるならば、努力の方向さえつかめればあきらめず努力しぬいて、どのような問題でも解決させ、より成長していくことができます。そのような人のお手伝いを、もっともっとさせていただきたいものです。

さて、広告マンの彼にはどこまで私の真意が通じたのでしょうか。

眼は心の窓

結婚十年ぶりに授かったE子ちゃんを囲んで、今では幸せな家庭を築いているN子さんです。彼女はある時、次のような質問をしました。

「向上心と野心の人の違いは、どうやって見分ければよいのでしょうか。どちらの心の人も前向きで積極的ですが……」

私は、「とっても良い質問ね」と、次のように説明しました。

まず相手の眼を観察してみることです。同じ積極的でも野心の人は眼がギラギラしています。なぜなら自分がどうやったら人に勝てるか、自分が、自分が、の自己顕示欲だからです。それに比べて周りの人や物、すべてを生かしたいという向上心の人の眼は、キラキラ輝いています。そんな人の側へ行くだけで、何かとてもほっとするものです。

でもギラギラの人の側は、エネルギーを吸い取られてしまいそうで疲れます。それに自然界は「類は友を呼ぶ法則」で成り立っていますから、野心の人の周りには自然と同じような人が寄り集まっているのです。そんな集団に迷い込んでしまったら、私などもう三日くらいは立ち上がれそうもないほどにくたびれます。

昔から「眼は心の窓」と言われます。たとえ言葉や他の態度で取り繕っても、眼の輝きだけは誤魔化しようがないのです。今この国で、偉い立場にいる方々の眼の、何と卑しく貧しそうなこと！　リーダーたちがそうなのですから、日本国中が、ギラギラ眼の卑しい人たちと、またそんな社会で生きる希望を見出せずに、無気力な眼をした若者であふれかえってしまっていても、無理はありません。

私の相談室を訪ねて来られる方の、来た時と帰られる時の大きな変化もまた、眼の力です。眼の変化を観察していると、その方の奥深い心理まで読み取れます。発する言葉などよりも、眼の表情のほうがずっと信頼できるほどです。

さて、Yさんは今最も輝いている一人です。大学病院の看護師さんであった彼女は、数年前に相談室を訪ねて来ました。職場での人間関係の悩みや、現代医学への不安から、何度も病院を辞めたいと訴えてきました。当然眼だけではなく、自信無さ気な消極的な雰囲気を全身から漂わせていました。

ところが現在の彼女はどうでしょう。助産師さんになると決め、大学病院に退職を願い出たのです。そんな彼女を病院側は引きとめ、産科へ異動させてくれた上、助産師学校への推薦書も出してくれました。「助産師になったら、また大学病院へ戻ってくれることが条件よ」との言葉もいただけたと報告する彼女は、認められている喜びと自信に眼がキラキラ輝いていました。

現代医学の最先端をいく大学病院での看護師という職に悩み、自分が本当に果たすべき役目は何なのだろうと深く考え、天に祈り続けていた彼女でした。ある時そんな彼女に、私は堕胎の問題に関する書物を三冊手渡し、「命」に携わる仕事なのだから勉強してごらんなさいと言ったのです。その書物をしっかり学んだ彼女は、

「私、自分の本当にやりたいことが分かりました。助産師になります。そしてこの手で新しい命を取り上げます」

と眼をキラキラ輝かせたのです。この眼の輝きに圧倒されながら、彼女のその思いは本物だと、私は涙が出るほど感動しました。

三年間で、彼女は問題の一つ一つを確実に乗り越え、新たに助産師という目標まで見つけてしまったのです。それからの彼女は、まるで別人になったみたいに、てきぱきと自分の夢に向かって動き出しました。そして見事に難関を突破し、助産師学校に合格しました。今は産科での実習に忙しく、私への報告の連絡もほとんどできないようです。

どんなすばらしい助産師さんになってくれるか、楽しみでなりません。

四十四歳からの学び

夜明け前が一番暗い、とはよく聞く言葉です。特に四十歳前後の私は、病に倒れるという境遇を生きていました。それだけでも、生きることそのものを危うくされる大問題です。であるのにその上にまた、難問が次々と襲いかかったのです。なす術《すべ》を知らず、まるで夢遊病者のように夜中に車を走らせ、大洗の海に向かって「神様、私にもう死ねとおっしゃるのですか！」と泣き叫んでいた私でした。

しかしその後四十三歳を境として、抱えていた数々の問題が、次々と解決に向かっていったのです。不思議としか言いようのない展開が、私の運命上に起こってきました。観音様（法華経の道）に出会えた賜と、私は確信しています。また、離婚後一人で育てていた娘と息子が、社会人になってくれたことも、私にとって大きな後押しとなりました。そして、チャンスはひょんな形で、ひょんなところから突然にやってくるもののようです。

私のチャンスの神様は、何と「ライブハウス」でした。当時知り合った社長が、つくば市でライブハウスも経営していて、店長をやらないかと誘ってきたのです。音楽も夜の世界のことも知らない私です。「えーっ!?」と耳を疑ったのですが、そのキャラクター（私は表面的にはとても明るいのです）でいいとのこと。吉本興業じゃーあるまいし、とは思ったのですが、「面白そう！」と私はその話に乗ってしまったのです。

その頃の私は水戸で暮らしていたのですが、つくばに拠点を移したくてチャンスを待っていたのでした。自分の運が切り開けるのは「つくば」だとの、ある確信を持っていました。だから、まさにチャンス到来だったのです。

世の中にこんな楽しい所があったのかと、私は目を見張りました。実は、私のライブ好きはこの時から始まったのです。が、半年できっぱりとそのライブハウスを辞めました。深夜三時までの営業で、さすがに過酷でした。しかしこの突飛な体験が、私を念願のつくばに導いてくれたのです。無鉄砲としか言いようのないこれらの決断が、現在の私につながっています。本当に人生とは面白くもあり、不思議なものだと思います。

どのような絶望の淵に追いやられた時でも、忘れることのない思いが私にはありました。自分自身ではどうにも止めようのない魂のうずき、「十六歳の決意」です。こうして蘇った私は、四十四歳になって、やっとその夢を具体化するスタート地点にたどり着けたのです。

独学し続けてきました「運命学」とともに、「心理カウンセリング法」にも挑戦することを決めました。一説に二百種類くらいあるといわれるカウンセリング技法ですが、私は「日本応用心理学研究所」に学ぶ道を選びました。ただし、経済問題があったので通信教育にせざるをえませんでした。

受講者番号一三、五七八番での出発でしたが、何度もの試験を経て勝ち取った合格者番号は三百七番です。ほとんどの人が途中で脱落してしまうのです。わが子と同じ年代の若者たち、また、立派な大学を卒業された上で学ばれる方も多い中で、しかも通信教育にもかかわらず、でした。認定証を授与された時の心地良い達成感は、今でも忘れることのできないものです。

当然、その学びが順調にいったわけでは断じてありません。特に、理数系の頭脳を持ち合わせていない私の難題は、統計学や次元論といったもので、数学の基本のテキストを買い込んできても、手こずりっぱなしでした。あぁ、やっぱり私には無謀なことなのか、と一人ため息をついたものです。とにかく死に物狂いで本を読むという二年間でした。飽きるほど本を読んでみたい、が私の念願であったのですが……、現実には学べば学ぶほど、学びが足りない自分であることを思い知らされました。

経済的にもかなり切り詰めざるを得ず、食費は一カ月に八～九千円でした。学問に専念するには仕事時間を減らさざるをえず、仕方のないことでした。ある時目にした週刊誌で、刑に服している犯罪者の食費が一カ月に一万五千円くらいと知り、思わず苦笑したものです。いつでも、こんな生活を自ら選んで飛び込んでいく私なのでした。私という人間は何と貧乏性に出来ているのだろうとつくづく思います。

また、通信教育での学びは孤独との戦いです。そのうえ、私の場合は見知らぬ土地に転居して、見知った人もいない中での孤独そのものの生活でした。しかし私にとっては、それらの何もかもが好都合であったのです。大体、一般常識からはかけ離れた私の生き方を理解する人など、皆無に等しかったので、周りから干渉を受けずに済み、孤独であることで逆に道を貫く覚悟もできました。またここまで徹しなければ、新たに生まれ変わることなどできないという危機感も持っていたのです。

しかし机に向かってばかりいたわけではありません。その頃の何よりの楽しみは、つくば界隈に点在するギャラリー巡りでした。油絵などの西洋美術にはあまり関心が湧かない私ですが、日本画、水彩画、写真、陶芸などが何よりの楽しみでした。特に透明感のあるもの、凛としたものに強く引かれる私です。芸術鑑賞への憧れは少女時代から持っていたものですが、それまでの生活環境は、私に心の余裕を与えてくれませんでした。しかし、戻る道をすべて断ち切っての覚悟の生活の中で、むしろ、そういう心のゆとりを持つことができるようになったのです。また、同時にそのゆとりが、自分の育った環境へのコンプレックスを、一つ一つ解消してくれたのでした。

資格取得、そして念願のカウンセリングルーム開業というところに到達するのに、私は

「十六歳の決意」から三十年という年月を要しました。当時の住まいであったアパートの一室で、しかも元手金わずか十五万円で開業という「技」を、四十六歳の私はやってのけたのです。

しかしそれでも、目標達成のための土俵に上がれたに過ぎません。この道で社会に通用する私になるという、気の遠くなるような次の道のりが待ち受けていたのです。私はただひたすら走り続けました。

自分なりに、道を貫くことができた要因を挙げるならば、次の二点を挙げたいと思います。一つ目は、自分の志を決して捨てない、夢をあきらめない、という才能に恵まれていたことです。二つ目は、天に信じてもらえる生き方をしようという熱い思いを持ち続けたことです。まさに、八方塞がりでも天は開いていたのでした。

私の歩んできた道

生い立ち

私は昭和二十六年一月、茨城県県北地方の寒村に、吉田家の長女として誕生しました。祖父母、父母、私、妹二人の家族。呪われているとしか思えないような悲劇が次々と襲ってきて、不和と貧しさに苦しむ家庭でした。

特に母にとっては、育った家庭と比べて、吉田家での悲劇的な結婚生活は耐えがたいものだったのだろうと思います。いつも「いっそ死んでしまいたい」と絶望的な気持ちでいるのが子供心にも感じとれました。

そのような恐怖の日々の中で私が強く感じたのは、「なぜわが家は不幸が絶えないのだろう」ということばかりでした。

十六歳の決意

中学二年生の時だったかと思います。社会科で資本主義と共産主義のことを学びました。先生に「どちらが良いと思うか」と質問され、私だけ迷わず共産主義のほうに手を挙げました。まじめな人の良い両親なのに、不幸なのは貧しさが原因なのか？　と幼いなりに授業で学んだ政治に関心が湧いたのでした。

その先生と二十五年後に再会致しました。先生は、その時のことをよく覚えておられて話題にされましたが、今でも私が共産主義思想の持ち主なのかと、少し不安げな様子でした。

高校生になってからはますます、「人間の幸不幸の原因は何なのだろう」ということばかり考えるようになりました。そして、「人間の幸不幸の原因を解明して、人を救える私になりたい、いや、なろう！」と決意したのは十六歳の時でした。その時のことを、私は「魂のうずき」と表現しておりますが、抑えようのない思いがお腹の底から湧いてきたのでした。

ボランティア活動や、「民主青年同盟」（日本共産党の青年組織）に参加したりの少女時代でした。政治や社会福祉学、心理学に興味を持ち、周りからは、変わり者の困った娘としか扱われませんでしたが、私なりに一所懸命でした。

その後、日本共産党員として、二十三歳まで活動しました。

神様との出会い

忘れもしない、二十三歳の時です。

私は、谷口雅春先生著『生命の実相』（日本教文社）に出合いました。谷口雅春先生は、

『生長の家』創始者でいらっしゃいます。そこには、私の魂が求めてやまなかった人間の根本に関すること、人間の生きるべき真の道が説かれていました。むさぼるように読み進めました。長い間の疑問が、次々と解けていきました。

魂が輪廻転生をしながら修行を続けていくのだということ。人間が生まれながらに平等でないのは、過去世からの積み重ねが皆違い、その結果をもって今世の出発をしなければいけないからだということ。偶然はない、すべて因縁因果の法則に基づいて起こるのだということ。徳を積むということが大切なのだということ。自分の魂の修行にふさわしい両親を自ら選んで誕生してくるのだということ、などなど。そして何よりも、神様はいらっしゃるのだということ。

はじめて知ったそれらのことへの感動に、私の魂は震え、涙が止めどなく頬を伝っていったのを、三十年以上経った今も忘れることはありません。

私は迷わず日本共産党をやめました。

十六歳の時に、「人を救える自分になろう」と決意したものの、どういう方法でという確信は全くつかめていませんでしたが、しかしこの時はっきりと、私は神様の道を伝えることで、人の魂を根本から救えるのだと確信できました。

それからの十年間、私の生活は、谷口雅春先生の教えを学び、実践することのみでした。

その結果、自分の魂はどんどん浄化されていくのがよく分かりました。

新たな救いを求めての旅立ち

しかし、現実の生活は相変わらず悲劇的なものでした。大人になった私にも襲いかかってくる何度もの事故災難、病、家庭不和、それに伴う経済苦など。私だけではなく他の親族にもいろいろな悲劇がつぎつぎと襲いかかっておりました。

生長の家で教えられることはみな実践してみました。しかし、何としても乗り越えられない家系因縁の深さを感じざるをえませんでした。

「なぜ？　なぜ？　どうしたら救われるの？」そうして、三十三歳できっぱりと生長の家教団をやめ、それからまた、私の新たな思想遍歴が始まりました。

私の、その進むべき道の前に立ちはだかるものは、すべて切り捨てました。離婚もしました。その身勝手な生き方は、周りからは、随分と非難され、変人扱いもされたようです。事実、そうされても仕方ないほど私の心は頑なになっていました。

「自分の幸せはもう願いません！　ですから吉田家がどうしてこう不幸なのか教えてください！　子供たちに未来を与えてください！　多くの人を救える私にならせてください！」

ただひたすら神に祈り続けるしか術がない日々でした。

法華行者との出会い

長男が中学生の時です。担任の先生が「吉田君の家は何か変だわよ、一度行ってごらんなさい」と法華経の行者を勧めてくださいました。わらにもすがる思いで訪ねました。その方は霊媒者でした。

「吉田家の祖である。大山城（一一三一年築城）を築いた者だ。民を思うためとはいえ、斬った張ったはもちろんのこと、火あぶりの刑までしてきた。そのことが、ここまで子孫を苦しめ続けるようになるとは思わなかった。すまない、お前に先祖の供養を頼む！　お前のことは必ず守る、頼んだぞ！」

はっきりそう告げられました。私はあまりの驚きに、言葉も出ませんでした。

吉田家のルーツ探し

それからすぐに、私は大山城のあった桂村（茨城県）へ走りました。

次なる私の課題、吉田家のルーツ探しが始まったのです。私はそれまでも郷土史に関心を持っていました。また、吉田家には家系図があったことを思い出しました。桓武天皇からのそれを、「こんなバカバカしいもの」と、それまでの私は見向きもしませんでした。その格式高い家系図を見ても、没落してしまっている今の吉田家とは、とても結びつかなかったからです。

しかし、家系図と郷土史、霊媒者に言われたこと、そして、以前、祖父母や父母から聞いた先祖のこと――それらを照らし合わせてみると、どんどん結びついてくるのです。つじつまが合ってくるのです。もはや、家系図や霊媒者の言われることを否定はできませんでした。吉田家の深い深い因縁とはそういうことだったのだ！　私はまた走り出しました。バカ、変人どころか、その頃の私は周りから狂人扱いまでされる始末でした。しかし、私は目的に向かってただひたすら突き進むのみでした。誰も当てになどできません。信頼できる人もありません。自分にのみ天から課せられた使命と覚悟しました。

吉田家の救われの道

何が原因なのかが解明できれば、次は具体的解決方法です。私の新たな旅がまた始まりました。手当たり次第に関係書を読みあさり、良い指導者がいると知れば、全国どこへでも訪ね歩きました。

そしてやっとめぐり会えたのが、法華行者である、日蓮宗M寺院主の御上人様でした。大変な回り道の果ての出会いでした。生きた人を救ってくださるという「家系因縁消滅法」、あの世に確実に届く「先祖供養」、「土地のご祈祷」などなど……。法華行者の本物の力を、確信することができました。

どんなに努力しても、いや、努力すればするほど、足元から崩されていく地獄のようなそれまでの私の運命……。良かれと思って努力したことも、みな裏目に出るのでした。しかし、ついに四十三歳の私は、運命の折り返し点にたどり着くことができたのです。

その頃、あるきっかけで出会った法華経信者の不思議な女性をとおして、先祖から再びメッセージを頂きました。

「よくぞここまでやってくれた。これで先祖は無念を晴らすことができる。お前はもう泣かなくてもよい……」

その時から、私の運命は少しずつ、しかし確実に上昇していきました。

不思議に思うのは、私の人生の大切な節目には、必ず法華経の修行者が現れて助けてくださっているということです。

私は特別な法華経の信仰をしていたわけではないのですが、桓武平氏（常陸大掾氏《ひたちだいじょうし》）である先祖は法華経信者でした。先祖のその信仰上の徳によって、子孫である私が法華経に救われることになったのだと思います。

しかしその後、ある代の先祖が、宗旨替えをしてしまい、そこから吉田家の大没落が始まったようです。先祖が守り続けてきた宗旨を勝手に替えてしまうことは、やはり慎重を要するようです。

運命の折り返し点

随分と波瀾万丈の半生でした。

何度も、「もう生きる道はないのか」というところまで突き落とされ、そのつど、「神様！もう私に死ねとおっしゃるのですか、生きる道を与えてくださらないのですか！」と泣き叫んでいました。

二十代の頃から何かと助言をいただいていた、『神ながらの道』の指導者であるS子先生からも、いつも励まされていました。「四十七歳までは何があっても修行だと思い辛抱するのですよ。それからは本当に人を救える力が与えられるようになるから……」と。

振り返ってみると、その言葉が支えとなり、あらゆることに耐えて生きて来られたのかもしれません。

また、私は四十一歳の時に大病をしましたが、奇跡的に生き延びることができました。S子先生は、「ご先祖からいただいた生命はその時終わったのよ。でも、あなたはその時神様から新しい生命をいただいたのよ」とも言われました。その後、何人かの手相をみる方からも、同じことを言われました。

いつも私を導いていてくださる神様。

ご先祖のことを救ってくださった法華経の道。

一つの宗教団体にはおさまり切れそうにない私の信仰の道。人間のつくった宗教ではない、大いなる存在を信じ仰ぐ真の信仰の道。これをどう人に伝えていったらよいのか、新たな道探しがまたもや始まりました。

心理カウンセラーへの学び

長男を社会に送り出すと同時に、私は「応用心理学」を学び始めました。

それまでは独学で、随分と試行錯誤しながらの学びでしたが、信仰の道や人生哲学、そして運命学などを学び続け、運命のしくみを知ることができました。しかし、独学だけでは世間に通用しません。まず、心理カウンセラーの資格を目指すことに決めたのです。

学習時間をつくるために、割り切ってパートの仕事に切り替え、経済をうんと切りつめての生活の末、心理カウンセラーの認定を受けることができました。死に物狂いでの四十四歳からの挑戦でした。

「吉田カウンセリングルーム」開設

平成九年三月八日、住まいのアパートの一室でスタート致しました。それは実に十六歳の決意から三十年の道のりでした。

経済面でもどん底の出発でした。地域情報紙の四行広告だけが頼りの細々とした出発でした。先祖事に関してのことは、M寺にお力をお借りできることになりました。しかし、待てども来ない相談者を待つという日々が続き、ただひたすら「私に役目を与えてください」と天に祈り続けました。アルバイトをしながら、かろうじて生活を支える状態でした。ですが、来てくださった相談者には、真心を込めて力にならせていただきました。すると、その方々が口コミで伝えてくださるようになり、遠方から飛行機や新幹線で来られる方も増えていきました。

「紅い着物」に思いを託して

何もないところからカウンセリングの仕事を始めて、半年後のことです。

あるギャラリーで、友禅染作家I氏の紅い着物に出合い、釘付けになってしまいました。

「近い将来、この仕事を成功させて、感謝のパーティーを開けるようになりたい！　その時にこの紅い着物を着て、神様や社会にお礼を申し上げられるような自分になりたい！」

強烈な思いが、沸々と湧いてきました。

しかし、経済的にもどん底にいた私にはとても手の出せる金額ではありません。ですが、次の日もまた次の日も、自然とそのギャラリーに足が向いてしまいました。

「やっぱり、これは私のための着物だ」と確信した私は、思い切って、作家のI氏に事情を話してみました。すると気持ち良く、「吉田さんにならら分割払いでもいいですよ」と言ってくださいました。支払いは無事完済致しましたが、貧しい中での最高の贅沢をしてしまいました。「ずいぶん勇気があるのね」と友人は驚いておりましたが、「こういうのを無鉄砲というのよネ」と笑い飛ばしていました。

しかし、いつもいつもこのように戻る道を自ら断ち切って、前進のみを選んできたことによって、現在の自分があるのだと思います。

六年半の長きにわたって私を励まし続けてくれたその「紅い着物」……。開設七周年を盛大にお祝いしていただいたパーティーの時、ついに私と共に晴れ舞台を務めてくれました。

人生問題の総合コンサルタントを目指して

私の目的は、単なる心理を扱うだけのカウンセラーでは断じてありませんでした。今までの独学での学びを資格取得という形にしなくては、社会が振り向いてくれないという焦りもありました。

少しでも収入に余裕が出来ると、すべてを次の資格取得の資金に回しました。運命鑑定士、レイキヒーリングティーチャー、自然療法「和法」など、次々にマスターしていきました。おかげで指導内容も拡がっていきました。

産土神、鎮守様信仰に目覚める

その頃です。私が産土神、鎮守様信仰の大切さに気付けたのは――。

それまでは、あっちこっちの神様信仰でした。運命鑑定学の指導をいただいたY先生に、産土神、鎮守様信仰を基本にしてみるようにと指導されたのです。そういえば谷口雅春先生も、それら土地神様の大切さを教えてくださっていました。納得した私はすぐに実践しました。すると、不思議といろいろなことがまとまってきたのです。早速、指導の中にとり入れていきました。

想像以上に、パワーをいただけるようになりました。

アパートからの脱出

私は、自分自身が経済的にいつも苦しい状態であるにも関わらず、人に「困っている」と言われるとボランティアをしてしまう、困った性格です。感謝されるなら救いもありますが、応々にしてそういう人は、恩を仇で返してくることが多いのです。しかし、何度酷い目に遭わされても懲りずに同じ繰り返しをする、本当に困った性格でした。当然金銭の余裕などできるわけはありません。

しかし、アパートの一室からの脱出をどうしてもしなくてはなりませんでした。そして、十分な金銭の準備もなく移転を決めたのです。賭けでした。神様は必ず導いてくださると信じての！

神様は私の信頼を裏切りませんでした。直前になって、奇跡的に引っ越しの資金が準備されたのです。忘れもしない、平成十一年五月二十四日、念願のつくば市の３ＬＤＫのマンションへ移転できました。

「幸せになるための生き方セミナー」を始める

その頃、私はそれまでの個人相談だけでは何か物足りないものを感じていました。カウンセリングは、困っている人しか来ないのです。問題が解決すると、無関係になっていってしまうのです。個人相談だけでは限りがある、もっと本質的な部分から人を育てたいと考えました。

そこで始めることになったのが、現在の「幸せになるための生き方セミナー」につながる勉強会です。平成十一年六月三十日、参加者四人で出発いたしました。

超古代史との出合い

私は、谷口雅春先生の教えに触れてから、現代の歴史学に強い違和感を覚えるようになりました。そして、二十代の時からずっと、「真実の人類の歴史を教えてください」と神に祈り続けておりました。

そしてついに、神様からのメッセージとしかいいようのない形で、記紀以前にも歴史が存在していた、つまり超古代史への確信を持てるに至りました。竹内文書などの古史古伝は、学界からは偽書扱いされていますが、私は、ただならぬものを感じます。もちろん、それらのすべてを受け入れるわけではありません。長い間には、いろいろな事情から書き換えられてしまったりなどのことも当然起こったことでしょう。古代に限らず、現代でも表の歴史は時の権力者のものですから……。

この超古代史を学べば学ぶほど、それまで解けることのなかった多くの謎が次々と解けていきました。そして何よりも「人間はいかに生きるべきなのか」の理解を深めることができたのです。この出来事は、単なる学問としての知識ではなく、私の人生そのものに大きな影響力を持つ重大な事件となりました。

それからの私は、個人の救い、真の人間づくりだけではなく、世直し運動のできる人材を育てなければ、との思いにかられるようになりました。

「吉田廸恵」と改名

平成十二年の春、更なる飛躍を目指して、「吉田廸恵」として新たな人生を歩むことにしました。自らの姓名鑑定のもとに命名しました。

「廸」は精神的な道の意であり、また、すすむ、教え導くの意を持ちます。その道に恵まれるの意を込めました。

「古代神道一神宮」との出合い

超古代史との出合いの後、私は毎月、竹内文書の皇祖皇太神宮（北茨城市磯原）へ参拝していました。ただひたすら、おおもとの神様からのお導きを祈り続けました。

そして次に導かれたのが、松戸市八ヶ崎の「古代神道一神宮」との出合いです。浅見宗平管長は、当時二十三冊の本（『不思議な記録』など）を出版されていました。私は十日で全巻を読み上げ、その翌日、平成十二年十月三十一日に初めて参拝をさせていただきました。

そして、またその翌日十一月一日からは、二十一日間の願掛け参りを始めました。朝四時起きで、毎日松戸まで通いました。「世を救える私にならせてください！　そのために必要な智恵や勇気、また、環境を与えてください！　必要な人に出会わせてください！」とただただ祈り続けました。

一神宮との出会いにより、今まで試行錯誤の末構築してきた、私の哲学が間違ってはいなかったという確信をいただけました。と同時に、人間の生きるべき道への哲学が、なお一層深まりました。「神様を信じる信じないの次元ではない。いかに神様に信じられる人間になるか」との教えは圧巻でした。今までの学びの根本が、人間の生きる道の根本が、ここにしっかりと定まりました。

　浅見管長の神通力による超古代史の解説は、古史古伝だけでは解せなかった部分を明確にしてくださいました。

宅地購入

　平成十四年五月、私は思いもよらなかったことを、身の程知らずとしか言いようのないことを、またもやしでかしてしまいました。

　つくば市並木の宅地分譲地に惹かれてしまい、三日でその土地を買い求めることを決めてしまったのです。何の計画も準備もなしにです。驚くことに住宅ローンの了解も出てしまいました。しかもその日は、四年前念願のマンションに移転させてもらえた記念の日に当たる、五月二十四日なのでした。

　話は前後致しますが、この年の三月に私は新しい乗用車を購入しました。自分の贅沢は最後と決めていた私が、初めて買った新車（カローラ）なのですが、偶然にも納車の日が三月八日で、それはカウンセリングルーム開設の記念日だったのです。神様は、日取りを合わせて、天からお祝いしてくださっているのだなと感じ、乗用車の時も、土地の時も涙が出て止まりませんでした。

二年前から祈っていたのは、「仕事を拡げるために、広い４ＬＤＫのマンション（当時住んでいた賃貸マンションの別部屋）へ移転させてください」でした。神様はいつも、私のお願い以上の結果をプレゼントしてくださるのでした。

◇

『吉田廸恵人間理學研究所』と改称

「吉田カウンセリングルーム」の名称では、どんどん拡がってきている業務内容が収まりきれなくなっていました。翌年に計画していた事務所兼自宅新築に向けて、平成十四年十月二十九日、『吉田廸恵人間理學研究所』と改称致しました。

『吉田廸恵人間理學』とは、私が今まで構築してきた、「人間が幸せに生きていくための哲学」で、お世話になっている日蓮宗Ｍ寺院主の御上人様が命名してくださったものです。

新築移転

平成十五年三月に始まった新築工事は、七月下旬に完成の運びとなりました。

数えてみると、平成十二年十一月一日からの古代神道一神宮参拝から、ちょうど一千日目でした。物事の成就パワー数は、三、七、二十一、百、一千です。大願成就は、まさに、一千日、一千回なのです。

この驚きを何と表現したらいいのか……。おおもとの神様へ、私の二十一日願掛けの祈りが聞き届けられて、プレゼントされた家としか言いようがありません。世のため人のためお役に立つために、必要な環境をお与えくださいと、祈らせていただいたことへの神様からのお答えだと確信致しております。会員たちの喜びようもひとしおでした。

◇

「家庭教育セミナー」を始める

カウンセリングをしてつくづく思うのは、人間教育のあり方の問題です。やはり、真の教育を説いていかねばとの思いが沸々と湧いてくるのでした。学校教育に関しては専門外の私ですが、家庭教育に関してならば、今まで学んだことや体験したことを通して、指導させていただけるかもしれないと勇気を出しました。二十歳代から三十歳代にかけて、谷口雅春先生の説かれた「生命の教育」を「新教育者連盟」に学んでおりましたので、その時の学びを土台にして自分なりに講義テーマや内容を構築いたしました。そして毎月の「家庭教育セミナー」を開催し始めたのです。

「つくば市の男女共同参画条例問題」と取り組んで

平成十五年九月十九日、つくば市の男女共同参画条例案の説明会に出席して、つくば市

◇

でジェンダーフリー思想が推し進められようとしていることに気付きました。「性差は、社会的につくられたもの、男女は支配被支配の関係」など、驚くばかりの思想です。神をここまで冒瀆して、人間は一体どこへ向かおうとしているのでしょうか。

有志で、市民の会を立ち上げ、代表と事務局を引き受けることとなりました。早速、新築の研究所が大活躍の場となりました。

唯物思想に染められ切ってしまった現代人――幸せになどなれないのは当然の理です。私共の運動の結果、あまりにもひどい条文を三回にわたって書き換えさせることができました。しかし、私たちの思いはなかなか届いていきません。落ちるところまで落ちきらないと、気付けないのが人間の性というものなのでしょうか、悲しいけれど……。それならそれで致し方ないと思うしか術はありませんでした。

多くの人が現代社会の間違いに気付き、真実を求め始めるその時のために、リーダーシップを取れる真人間を一人でも多く育てていくのみです。

お陰様で、人材が着実に育ってきてくれています。市民運動に取り組んでみて、わが研究所に集う若い会員たちの成長ぶりには目を見張りました。私の何にもまさる誇りとなりました。

「吉田緈惠人間理學研究所通信」を発行

平成十六年九月、「研究所通信」創刊号を発行致しました。その一年前から少しずつ随筆を書き始めていましたが、当研究所をもっと多くの人に知っていただきたいとの思いから、発行を決意致しました。素人の手探りでの作業でしたが、会員と共に真心を込めて編集し、発信し続けてきました。このことによって、会員の学びはもちろん、絆も深めることができました。また全国に読者が増えていき、そのことが縁となって、新聞雑誌、テレビ出演など、メディアにも少しずつ取り上げていただけるようになりました。さらに、幼稚園や学校のＰＴＡ、市民運動団体などから教育講演の依頼もいただけるようになってきました。

振り返って

この「私の歩んできた道」を記しながら過去を振り返りますと、本当に感慨深いものがあります。今となっては夢のような五十数年間です。約十年前のカウンセリンググループ開設時、私自身はもちろんのこと、一体誰が私の現在の姿を想像されたでしょうか。

幸せになるための哲学、自分自身が構築してきた『吉田緈惠人間理學』を誰よりも実践し、自ら結果を出すことができました。また物質的なもの一切なし、地位も知名度もなし、応援してくれる人もなし、とにかく「何もなしの私」を、頼って信じてついてきてくれた相談者や会員たちがおりました。それぞれ背負っていた大きな荷物を下ろして、どんどん成長して輝いてくれていいます。今では、私の生きる支えとなってくれております、彼ら彼女らへの愛おしさに、こうしてペンを執りながらも涙があふれてきます。いったい、この世にこれ以上の幸せがあるのでしょうか。

しみじみと、彼ら彼女らと出会わせていただけたこのご縁を神に感謝申し上げながら、私の歩んできた道を簡単に記させていただきました。

3

教育の基本

再教育することの困難

ある日の産経新聞一面に、「自己中心で刹那的日本の高校生」という記事が掲載されていました。しかし、その内容自体は、今さら驚くことでもないでしょう。私が問題視したいのは、この記事に共に掲載されていた「まず親を啓蒙する必要」という識者のコメントのほうです。それは十分すぎる指摘です。でも、家庭が悪い、親が悪いと言いますが、戦後早い時期の日本の家庭は、今のように悪かったのでしょうか。そうではないでしょう。

むしろまず学校が、善良な家庭の教育を否定するような指導を行ったのではないのでしょうか。敗戦後、GHQによって行われた占領政策が、日本弱体化を目指してのものであった賜なのでしょうが……。その結果、子供たちがどんどん変えられていってしまったのです。そのような流れの中、難しい哲学など持たない普通の親たちは、それにうまく対応できず、「時代は変わってしまったのだ。仕方ない」とあきらめ、口をつぐんでいきました。そして子供たちはますます学校教育の影響を受け、染められ、親の言うことなど古くてつまらないと感じるようになっていったのです。そうして大きくなった子供たちがやがて親になり、ますますその弊害は増幅していきました。今では、親の言うことを聞かないなどの次元では収まりきれないところまで来ています。家庭を粗末にさせる教育をしてくれた学校そのものが、そのしっぺ返しを受けて、混乱に陥る状況になってしまったのです。

私の育てた二人の子供は、すでに三十代の年齢になっていますが、特に上の娘では、学校教育の問題をいろいろと体験させられました。

娘が小学五、六年生の時の担任（男性）は、唯物主義の持ち主でした。当然、私の家庭での教育とは、何事につけても違いが生じました。はっきりした性格の娘は、「家ではこう教えてもらう」と担任に話し、担任の神経を逆なでし続けました。すると担任は、そういう娘に向かって、「親の言うことを聞いてはダメ！」とたびたび、しかも堂々と指導してくれたのです。担任からみたら不出来な生徒であった娘なので、私も対応に苦慮したものです。何しろその担任は、帰りのホームルームで、今日問題があった生徒を指名し、皆にその生徒を批判させる指導法をとっていたのですから……。まるで人民裁判のようであり、娘はよくその批判の対象にされていました。

まだ若い母親であった私は大いに苦悩しました。しかし担任に何と批判されようと、私は子供たちに堂々と、日本人としての誇りを持って生きていけるよう、信念を持って教え続けたのでした。自国をとことん悪く教える指導だけは許せなかったのです。

「学校教育」という圧力の前には、親の少しばかりの信念など、ひとたまりもなく崩されてしまいます。親の立場からしたら、子供を人質に取られているようなものなのです。揚げ句の果てには、子供たちは今、親どころか学校の言うことすら聞かなくなっています。社会をなめきった自己中心人間の大量増殖なのです。

政治家はもちろんですが、専門家として先見の明を持たず、これらを放置してきた戦後教育行政の、当事者の反省の弁を聞いてみたいものですが、誰もがまるで他人事のようです。世のエリートの方々は「再教育」というものがどれだけ大変か、本当にご存知なのでしょうか。いったん身に付けてしまったものを変えるのは、本人が自覚していたとしても、大変な努力が必要です。まして本人が自覚できなければ、周りがどんなに騒ごうとも不可能に近いのです。

今、私の取り組んでいるカウンセリングという仕事は、まさにその再教育の分野です。相談者が来られて一～二時間の相談時間の中で、信頼関係を築くことが出来て、次につながるのはわずか二～三割くらいのものです。具体的相談内容の指導に入る前に、人間としての基本を指導しなければ対処できない状態なのです。また、「傾聴」、「本人の気付きを待つ」などというカウンセリング手法だけで対応できるほど甘くはありません。しかも大方の相談者は、自己責任の考え方などまるで持ち合わせていません。できるだけ相談料を払わず、まるで魔法をかけてもらうかのように、問題解消されるのを望んでいるのです。

幸い個人営業の私は、相談者を選ぶことが許されています。よって、そういう身勝手な相談者は、自分の仕事の対象からははずして考えています。

私が指導の成果を出せるのは、授業料を払ってでも乗り越えたい、学びたい、という意志の持ち主（相談者）のみです。また、「家庭教育セミナー」なども開催していますが、いろいろな方法で呼びかけても、自ら学ぼうとする意欲を持つ人などはわずかであり、当然それらの意欲ある人たちは現代社会にあっては、人間としてハイレベルの部類の人たちです。むしろ今の世の問題は、それ以外の意識のない人たちをどうするかということです。税金を使って強制的な指導法をとるしかないでしょう。もちろん、国家の最優先課題ですが、すでに多くが手遅れ状態になっているのではないでしょうか。

しかもそれを行う場合、最も重大な問題は、それに当たる指導者の質です。大人になってしまった人間を再教育できる指導者が、果たして現在どれだけ存在するのでしょうか。

ある会合で、私は指導者養成の必要性について発言したことがあります。しかし言下に、「そういうことは必要ない、我々のところにはもうすでに指導者はいる」と否定されてしまいました。高い壇上から世間を見下ろし、理論を振りかざしている団体と、私の目には映ったのですが、言い過ぎでしょうか。

確かに、理論を講義するだけの人ならばいるかもしれません。しかし大の大人を理論のみで教育できるものではありません。実際に取り組んでみれば分かることです。人の心を揺さぶり、眠っている大和魂を目覚めさせることのできる真の実力、つまり「人間を教育できるほどの人間力」が必要なのです。制度をつくると同時に、その教育者をも育成していかなくてはならないのです。「親を啓蒙」と言葉でいうのは簡単ですが、責任を持つ覚悟の出来た人物は、どれだけいるのでしょうか。

また教員の質を改善するには、公立学校の教員をいったん全員解雇して、もう一度まともな教員を選び直すくらいの実践的荒療治しか、素人の私には思い浮かびません。しかしそれでも、まともな教員が今現在、どれくらい存在するのかということが不安の種です。

為政者の責任は重いのです。再教育という作業の困難さを想像すると、思わず気が遠くなるほどですが、それぞれが一歩を踏み出すしか方法はありません。まず自分自身を振り返り、自身を再教育するという作業をしつつ、私は私の役割を果たしていこうと思います。

感謝すること

『子供を不幸にする一番確実な方法は、いつでもなんでも
手に入れられるようにしてやること』――フランスの思想家ルソー

ある日の産経新聞コラム「産経抄」で紹介されていた言葉です。多くの読者に、深い共感を与えた言葉だったことと思います。

いつの時代でも、親というものは、「自分がした苦労は子供にはさせたくない」と思いつつ、子育てに励むのでしょう。しかしそれ自体が問題なのではなく、その、させたくない苦労の中身が何なのかが問題なのです。何を与えて何を与えないほうがよいのか、その見極めがつかない現代人――。

私の両親も、子供には苦労させたくないと、どんなに思ってくれたことでしょう。しかし、現実には悲しいことに、貧しく不幸でした。両親が私たち子供に与えてやりたいと願ったものを、結果的に私は得られなかったのです。ですが、そのことによって別のもっと大事なものを得ることができたように思います。だから、何が幸か不幸かなど、人間の目

先の知恵のみで決められるものではないのです。

自分自身が親になって、私も世間並みに、子供にはあれもこれもしてやりたいと、夢を持ったものです。しかし思いとは裏腹に、私の現実も両親と同じく悲惨なものとなりました。二十年以上前のことですが、私は二人の子供を連れて離婚しました。悩み苦しみぬいた末に、自ら望んだことであり、覚悟の上でのことなので、相手に金銭の要求を一切しませんでした。当然貧しい中での再出発でしたが、努力の結果、何とか生活を軌道に乗せることができたのです。

しかしほっとできたのも束の間のことで、私は病に倒れました。緊急手術の結果、生命は取り留めましたが、その後長期にわたる体調不良と、あらゆる不運が私を苦しめました。無理のできない身体になってしまった私には、子供を公立高校に行かせてやることさえ大変で、息子は二つの奨学金のお世話になりました。何もかもどん底に突き落とされた私は、最低の生活を支えるので精一杯でした。子供にしてやろうと思っていた夢はことごとく壊されてしまったのです。

そのような状況の中でありましたが、息子は高校を卒業し、念願がかなって某市役所に就職できました。十二年前のことです。

息子の周囲は、卒業前に車の免許を取らせてもらって、自動車も買い与えられるのが当たり前でした。地方では車は必需品なのです。しかし私はそのような人並みのことすらしてやれない情けない母親でした。

就職した息子は、一人暮らしをするために自力でアパートを借りました。高校時代からアルバイトを重ねていたのです。その上就職してからは、働きながら自動車学校に通って、自力で免許も取得しました。しかし、自動車を買うお金がないのです。すると、事情を知った職場の先輩が、ちょうど車を買い換えるからと、それまで乗っていた車を諸経費のみで譲ってくださったのです。

そして時が経ち、その車も車検の時がきました。下手な運転で傷んでいるので、買い換えることにしたのです。息子は、役所に出入りしている車のセールスマンに、「月々これくらいの支払いだから」と、新車の購入を勧められました。まだ世間知らずであった彼は、目を輝かせて、「大丈夫、自分で払っていける」と私に了解を求めてきたのでした。

私は「よく考えてみようよ」と提案しました。姉も含めて家族会議を開き、ローンは借金であると、世の中の仕組みを話して聞かせたのでした。幸いに息子は理解してくれ、今の自分の分限は五十万円と算出し、中古車にすると決めました。ところが驚いたことに、またもや、職場の先輩（以前とは別の方）がちょうど車を買い換えるからと、まだ十分に乗れる車を、五万円で譲ってくれることになったのです。

身勝手な貧しい母は、世間並みのことなど何一つしてやれなかったのですが、こうして世間様に助けられ、息子は大人になってくれました。豊かすぎて子供を駄目にしているとすら言われて久しい現代社会。そんな中で私は、正直なところ、みじめさは拭えなかったし、子供たちには申し訳なさでいっぱいでした。

しかしそれでも、志のあった私は悔いることはありませんでした。天から与えられた、通らなければならない道なのだろうと受けとめてきたのです。でも、子供にとってはどうであったのか……。結果的に良かったのか、悪かったのか、私にはまだ確信はつかめていません。

ただ、ある時息子がつぶやいた次の一言が、今でも私の心の支えとなっています。

「母親は自分の夢を実現させようと、四十代になってから勉強を始めてるのに（心理カウンセラーの資格等を目指してのこと）、大学に行かせてもらえなかったなんて、オレ、みっともなくて言えるかよ」

それにもう一つ、私をほっとさせてくれたことがありました。就職して初めて頂いた賞与の金額に驚いた息子は、こう言ったのです。

「オレ、まだ仕事も十分にできなくて足手まといのはずなのに、こんなに頂いてしまったよ！　いいんだろうか、母さん」

どうかその気持ちを一生忘れないで生きてほしい——私は一人、涙にぬれたのでした。「いつでもなんでも手に入れられるようにしてやること」など、夢のまた夢でしかありませんでした。しかし、こうして世間様に助けられ、育てていただけたことへの感謝は、一日たりとも忘れたことはないつもりです。

現代の恵まれた家族には、想像すらできない出来事であると思いますが、ふと、記してみたくなったのでした。

バチあたり

●ばちがあたる?——福沢諭吉について——

　諭吉が小さいころ、ある日、兄の三之助が書類を開いているところを通り抜けようとして、つい書類をふみつけてしまいました。

「殿様の名まえをふみつけるとはなにごとか。」と、兄は諭吉をしかりつけました。いったんは謝ったものの、諭吉にはなぜ悪いのかわかりません。兄は「ばちがあたる。」と言いましたが、諭吉は、そんなばかなことがあるものかと思ったのです。

　そこで、ほんとうにばちがあたるものかどうか、神様の名まえの書いてあるお札を踏んでみました。しかし、なにもおこりません。

　諭吉は自分の考えに自信をもちました。神とか仏、あるいは迷信のたぐいは、小さなころから信用しない諭吉だったのです。(旺文社『日本の歴史人物ものがたり・下』江戸時代—現代)

　ある日、H子さんが「こんなもの見つけました!」と私に知らせてくれた一文です。子供の時学んだ歴史の本に書いてあったとのことでした。

「私たち、こんなこと勉強させられていたんですネー」と彼女は青ざめていましたが、福沢諭吉のこのような人となりは、私も他の書物で読んだことがあります。しかし、子供向けの書物にまで記されているとは……。

（事を起こして、すぐにバチがあたらなくても、あとで巡り巡ってくるものなのだ、来世も来々世までも……。必ず追いかけてくるものなのだ、因果というものは！）

「唯物論とはどこまでも人間性を破壊させる恐ろしいものである」との観を私は改めて強くしたのでした。

因果応報、先祖因縁、バチがあたる、などということを私は常に話したり書いたりしています。だから、「宗教っぽい」と結構人に嫌われており、「バチがあたるなんてバカげている」と、批判やお叱りを受けることも多いのです。それは別にサヨク人間からだけではありません。建前では「神の国」などと言っている保守系人間（宗教人含む）の中にも、本音では唯物論的生き方をしている人は結構多いようです。しかし、私は一向に構わず話し、そして書き続けてもいます。なぜなら、自分の人生経験やカウンセリングでの経験から、確信を持っているからです。

ある時、私は次のような体験をしました。

二年くらい前から相談に乗っていた姉妹の母親が、精神に異常をきたしてしまったというのです。父親が、無理やり娘に連れられて私の相談室を訪ねてきました。何かとても「バチあたり」なことをしたに違いないと私は直感し、探りを入れました。回忌法要を執り行った直後に異常になったというのです。どういうやり方をしたか聞きましたが、それ自体には原因になる程のことはなさそうです。さらに探っていきますと、何カ月か前にお墓を改修したことが判明。私は詳しい状況を聞いてあ然としたのです。墓石も新しくしたのですが、以前の墓石を階段の踏み石にしてしまったというのです。回忌法要で親戚も集まり、墓参りをして、その墓石を皆で踏んづけたというわけです。私はそれが原因であるとの確信を持ち、早急に墓を直すことと、お詫びの先祖供養をお寺にお願いして、徹底してやっていただくようにと助言しました。

父親も、その時はさすがに殊勝な態度になり、私が先祖事の問題の時にお世話になる、M寺にお願いしてほしいということになりました。早速、M寺にお連れしてお経も上げていただきました。すると、入院中の母親が正気に戻ったというのです。ちょうどお経を上げている最中の出来事だったようで、私も心から安堵したものです。

ところがその後がひどいのです。喉もと過ぎれば何とやらで、お寺へのお布施を払えないと言い出しました。十分なお布施も持たずに行ってご指導いただき、後でお布施を届けると約束して、自らお願いしたにもかかわらず、です。

間に入って取り次いだ私は、「あーまたか」と呆れましたが、どうにもなりません。「タダでやってくれる坊さんもいるのに、なぜお金を取るんだ」という言い分です。ただし、そのタダの坊さんとやらは、この件に恐れをなして、力のある方にやってもらってほしいと手を引いたとのことです。

自分の「バチあたり」な行為は棚に上げて、しかもいったんは正気に戻ったということへの感謝などまるでないのです。私のことを口汚く責め、それでは足りず、助けてくださったM寺のことまで責める始末なのでした。

あまりの身勝手さに、私は手を引くことにしました。似たような場面は、今までに何度も経験させられているので、覚悟はできています。ただし、M寺に迷惑をかけるわけにはいきません。私の相談者をお願いする立場であり、私はこういう時には「身の不徳ゆえ」と、いつも潔く自腹を切ります。その金額が、例え何万円であっても何十万円であっても、私は身銭を切って事の処理をします。それがプロ根性と覚悟しているからです。

天罰が下る――そのことは決してかわいそうとばかりも言えないのです。バチがあたってくれなければ、痛い思いをさせられなければ、人間は何も気付けないのではないでしょうか。何をしてもバチなどあたらないというのなら、人が誠実に正直に生きることの意味など、なくなってしまうではないですか。あまりにも不平等ではありませんか。私は誰にバカにされようと固くそう信じています。

墓石一家のその後のことは読者のご想像におまかせしますが、私はあえてこの事例を公表します。バチなどあたるものかという指導をしている、世の責任者の反論を待ちたいと思うからです。

まったく救い難い世になったものです、この国は……。

性の本質の違い

　知人から、お嬢さんのお相手に誰か良い人を、と頼まれて、私はある好青年を紹介しました。幼少時から知っている彼女は、小学校教師をしており、大変優秀で美人です。青年との約束時間前、私は彼女と二人の時に、男女は同じではない、という話題に触れてみました。すると彼女は、「現代は男らしく女らしくと教育してはいけない」のだと、私に猛然と反撃してきたのです。その二人のご縁は、最初のデートの直後に、彼女から私へ断りの電話が入って終わりました。

　理由は「だって、あの方男らしくないんですもの！」でした。他人様の子供には、男らしくと教育してはいけない、しかし、自分自身は男らしい男性を望む――大いなる矛盾ですが、結局、女性の本質を見せてくれているのではないかと思います。

　男と女の違い、それは生物学的に見て、男は産ませる性であり、女は産み育てる性であるところから発しています。種族維持は個体維持とともに、何にも勝る自然界の大事な営みです。そのため男は本来、産ませる性にふさわしい征服欲、闘争本能などを備え、女を守りたいという欲望を持ち合わせているはずです。それに対して女は、産み育てる性にふさわしい愛深さ、緻密さ、直感力などという現実的なものを備えています。そして女は何よりも、男に守られたいのです。守られなければ、安心して子供を産み育てることなどできないのですから……。なにしろ女は、あの十月十日《とつきとおか》を経なければいけないのです。

以上のことは、男性、女性どちらが偉いか偉くないかということではなく、まさに役割の違いであり、性の本質の違いといえます。ジェンダー・フリー反対を唱える人たちは、皆こういう理解の上に立って、反対しているものと私は信じていました。しかし、それら保守的な男性方の現実はどうでしょうか。冒頭の彼女の矛盾を果たしてどこまで笑えるのかと、私は保守派の一部の男性に対して、信頼が揺らいできています。決して、多くのとは言いませんが、少なからぬ保守派の男性方の本音は、「女は黙っていろ、男がやるのだから。女は出てこなくてもよい……」というものであるように感じざるをえないのです。私は今まで何度もそういう体験をしました。女性蔑視といったら言い過ぎでしょうか。

私は、組織のリーダー（男性を含む）として立った時でも、あくまでも女性としての個性を意識して行動してきたつもりです。確かに、男性のように立派な政策提言ができる才能は持ち合わせていません。難しい理論が苦手なのも事実です。しかし、そのような男性のロマンや理想を共に実現させていきたいと望むので、せめてその補佐役を務めたいと思います。さらには補佐役だけでなく、戦いに疲れた男性たちを、やわらかな愛で包んで癒す役割も果たしたいのです。日本男児は、表現が苦手だというのも重々承知しています。だから、決して男性に甘やかしてほしいとか、ご機嫌取りをしてほしいとか思っているわけではありません。私は、このような補佐役を務めることのできる、愛深い女性を育てたいと、わが研究所での活動を通し、日々取り組んできてもいます。

女性が真に求めるのは、表面を取り繕われることなどではなく、以上のような女性の役割をきちんと認めてもらうことなのです。女性は直感力が優れており、男性の本音と建前の違いを、鋭く見ぬいてしまいます。「女は愚かだ、引っ込んでいろ！」という本音を感じ取ったら、女性は悲しくなって、本心とは裏腹な反発心を持ってしまうのです。それは決して私だけではないでしょう。保守派運動よりも、ジェンダー・フリー運動に走るフェミニストの女性のほうが多いことが、何よりもそれを物語っているのではないでしょうか。ジェンダー・フリー運動に頑張っている女性の父親や夫たちが、社会的には立派な地位を持つ保守的人物であることが多いのを、私は知っています。その父や夫に、経済力や社会的優越感を満たしてもらいながら、一方でジェンダー・フリーを唱える矛盾を犯している女性たちの滑稽さは、女の愚かしさだけが原因ではありません。女は出てくるなと蔑視する男の本音への反発でもあると、私には思えてならないのです。

男性だけの力で、理論理屈だけで、国づくりができるというのなら、何をか言わんやです。しかし、どんなに立派な男性が集まっても、女性の支持なしに、真の国づくりができるものではなかろうと、私は思います。

健気に男性の補佐役を務めたいと望んでいる女性たちを、女は引っ込んでいろと蔑視することなく、生かしてやってほしいと私は願うのです。補佐役は、あくまで主役である強く素敵な男性が存在してのものなのですから。

最後に、次の一文をご紹介しましょう。

『男は、暴力の抑止力に欠ける。順位闘争に駆られているために、女性より嫉妬深い。だから男同士が初対面で出会うと、まず序列を巡る探り合いが始まって、これが決まるまではろくに話もできない。西洋の文化の中で行われている握手という挨拶の方法は、利き手に武器を持たない（戦闘する気はない）という証のためだという。

これに比べると、女性は他人との関係づくりが極めて巧みである。女性たちは大して面識も無い相手と、延々とたわいもない話を続けることができる。

男たちは、このことを女性の愚かしさと考えてきたのだが、愚かどころか、これこそ人類に今日の繁栄をもたらしたものなのだ。

他の男たちとの順位争いの中で孤立し、疲れた男たちは、女の巧みな関係作りの中で安らごうとする。男たちが家族を手放そうとしない理由の一つは、ここにある。』（『「家族」

という名の孤独』斎藤学著　講談社）

しかし、戦わない男、母性を喪失した女が増えているこの日本の現状……。日本人は、確実に滅びの道を歩んでいるのでしょうか。早急な根本対処が迫られています。

男女が互いにつまらないプライドなど振りかざしている場合ではないのです。

良家の子女は、そんなことをするものではありません

ある日の「家庭教育セミナー」の講義で、私はあるストーカー殺害事件にふれました。目的は、何でも社会のせいにする風潮を戒め、親はもっとしっかりとした信念を持って生きなければ、教育などできないということを伝えるためです。

その事件で、A子さんが巻き込まれ、お亡くなりになってしまわれたことは大変お気の毒で、ご同情申し上げたいと思います。しかし、彼女の両親の姿勢は一体何なのかと、私は当初から疑問と不快感を感じていました。警察に助けを求めたのに手を貸してくれなかったと、両親は警察に責任を転稼したのです。その上、世間にはまるで娘が悪いかのごとく言う人もいると、世間様のことまで責めていました。マスコミもそれに同調するかのようです。

しかし、よく考えてみてはどうかと思うのです。A子さんは風俗店で働いていましたが、女子大生が、なぜ風俗店でアルバイトなのでしょうか。そのような世界に近づいていけば、危険なことになる確率は当然高くなるに決まっているのです。大体において、多くの善良な市民がまゆをひそめる風俗店に女子大生が働きにいく、ということ自体が大きな間違い

なのです。彼女は当然のごとく、その世界の男性との深い交際にまで入ってしまいました。その揚げ句事件に巻き込まれ、帰らぬ人となったのです。

両親はそんなことになる前に、「女の性は受け身なのだ。まともな娘はそんな世界に近づいてはいけない。世間には女を食いものにする、悪い恐ろしい男がいっぱいいるのだから気をつけよ」と、なぜ教えてやらなかったのでしょうか。警察を責める前に、まずそのことを親として恥ずべきなのです。世間様に笑われたり、非難されても仕方のないことなのです。それがいやなら昔の日本人のように、世間から後ろ指を差されないようにと生きることに努めればよいのです。

「結果的に、こういうふしだらな浅はかな娘に育ててしまって恥ずかしい限りです。そして、このように世間をお騒がせしてしまって大変申し訳なく思います。ですが、どんな娘でも愛おしい……この親の切ない気持ちをどうかお察しください」とでも言えないものかと、私は思うのですが。そうすれば人は、「何とお気の毒な、親御さんの立場とすればどんなにお辛いことでしょう」と、そっとしておいてあげたくなるのではないでしょうか。それが人情というものでしょう。

マスコミも、無責任きわまりない報道姿勢です。警察や世間を責め続ける両親の、恥を知らない姿のみを、まるでそれが正しいかのごとく、報道し続けるのです。そして、それを見続ける「信念を持たない国民」は、それが当たり前のごとく染められていくのでしょう。

ですが、私の講義するセミナーに参加していた若い母親たちは違っていました。「すっきりしました。専門家やマスコミは一切そういうことには触れないので、私の感覚がおかしいのかと、いつも心がもやもやしていました。でも自信を持って、先生の言うように子供たちに教えてよいんですね」と口々に言うのでした。このようなごく当たり前の感覚を持った、善良な市民がまだまだ多くいるのです。

専門家やマスコミは、このような人々を惑わさないでほしいと思います。ですが、それらの人種は、ある目的を持った確信犯（人間破壊主義者）なのでしょう。だから私は、もはや期待しません。今こそ、日本人としての当たり前の感覚を持った普通の人たちが草の根的に、信念と勇気を持って、家庭で地域で声を上げていくしかないと思っています。

一体いつの頃から、「良家の子女は、そんなことをするものではないのだ」としつける風潮が、この国から消えてしまったのでしょうか。教えてやれる大人がいないから、娘たちは知らないまま成長してしまうのです。

日本の若い娘たちは、生活態度もファッションも、何から何までもが無防備で、男性に対してあらゆる挑発行為をしているようにしか見えません。それでいて何かあれば被害者面し、お金をとろうという算段なのだから始末におえません。まるで娼婦のようではないですか。善良な男性の理性まで失わせてしまうほどの挑発的態度は、むしろ女性の側の犯罪行為といってもよいくらいのものです。

「素人の娘は、覚悟もなく、そんな挑発行為をするものではないのだ！」と、心ある大人がもっと声を張り上げてやらないと、やがて日本の女性たちは、みな娼婦のごとくなってしまいます。そんな危機感を覚えるこの国の現状です。

性をいかに教えるか

ある日の新聞に、「漫画のわいせつ認定」という記事が載りました。東京地裁の中谷雄二郎裁判長が、「健全な性風俗に与えた悪影響は軽視しえない」などと有罪判決を言い渡したというのです。拍手喝采です。「わいせつ」など、もう当たり前の世の中になってしまっていたのかと思っていましたのに、今でも、「わいせつ」という言葉は立派に存在していたのですね。感激致しました。ならばむしろ、小学生にまで露骨に教えている性器教育の教材にこそ、「わいせつ」という有罪判決を下してほしいものだと思います。

ただし私は、「わいせつ」と認定された松文館発行の漫画本「密室」がどんな内容かは知りませんし、興味もありません。自分で自分の人生の責任を取れる大人が、自分の好みで選んで楽しむなら、まだ許されるでしょう。

しかし、親の保護のもとにしか生きられない子供に、しかも、その責任者である親の知らないところで露骨な性器教育が施されている現実、それを罪と言わずして、何と言えばよいのでしょうか。教師から一方的に与えられる「精神的な暴力」と言わずして何と言えばよいのでしょうか。

たま出版の本をお買い求めいただきありがとうございます。
この愛読者カードは今後の小社出版の企画およびイベント等の資料として役立たせていただきます。

本書についてのご意見、ご感想をお聞かせ下さい。
① 内容について

② カバー、タイトル、編集について

今後、出版する上でとりあげてほしいテーマを挙げて下さい。

最近読んでおもしろかった本をお聞かせ下さい。

小社の目録や新刊情報はhttp://www.tamabook.comに出ていますが、コンピュータを使っていないので目録を　希望する　いらない

お客様の研究成果やお考えを出版してみたいというお気持ちはありますか。
ある　ない　内容・テーマ（　　　　）

「ある」場合、小社の担当者から出版のご案内が必要ですか。
希望する　希望しない

ご協力ありがとうございました。

〈ブックサービスのご案内〉
小社書籍の直接販売を料金着払いの宅急便サービスにて承っております。ご購入希望がございましたら下の欄に書名と冊数をお書きの上ご返送下さい。（送料1回210円）

ご注文書名	冊数	ご注文書名	冊数
	冊		冊
	冊		冊

郵　便　は　が　き

恐縮ですが
切手を貼っ
てお出しく
ださい

160-0004

東京都新宿区
四谷 4－28－20
(株) たま出版
ご愛読者カード係行

書　名				
お買上 書店名	都道　市区 府県　郡　　書店			
ふりがな お名前			大正 昭和 平成　年生　歳	
ふりがな ご住所	□□□-□□□□		性別 男・女	
お電話 番　号	(ブックサービスの際、必要)	Eメール		

お買い求めの動機
1. 書店店頭で見て　2. 小社の目録を見て　3. 人にすすめられて
4. 新聞広告、雑誌記事、書評を見て(新聞、雑誌名　　　　　)

上の質問に 1. と答えられた方の直接的な動機
1. タイトルにひかれた　2. 著者　3. 目次　4. カバーデザイン　5. 帯　6. その他

ご講読新聞　　新聞	ご講読雑誌

ジェンダー・フリーの名のもとに、変態教師から一方的に暴力的に押しつけられている子供向けの、まるでポルノというしかない性教育。私が言いたいのは、それこそ、「わいせつ」と認定して、犯罪と位置づけるべきだということです。大人へのそれより影響ははるかに大きく、重罪であるといえるはずです。

私は、性教協（「『人間と性』研究教育協議会」の略）の教材や、北沢杏子《きょうこ》氏（１９６５年から性教育の実践と教材用ビデオなどを制作。性を語る会代表）の書かれた『どうして あかちゃんは できるの？』（アーニ出版）を見て、あ然としたものです。まだ人生の何たるかも判らない子供に、こんなことを教えているのが今の学校かと……。

性は確かに命の根源の問題です。高崎経済大学教授の八木秀次先生は、次のように書かれています。

『「性交」の手ほどきや避妊の方法を教える前に行うべきは、私たちの命が自分ひとりのものではなく祖先から連綿として受け継がれてきたものであることや、この世に生まれてきたことの不思議さを考えさせることでなければならない。また与えられた生を「よく生きる」にはどうすればいいのかという意味での道徳教育が必要である。異性を尊ぶ心を育てることも必要でしょう。「ハウ・ツー」と避妊だけが教えられるのでは、どんな言い訳をしようが好奇心旺盛な子供たちにセックスを奨励しているようなものである。』（『変態教育か

ら性革命へ』）

まったく同感です。

性欲は、われわれの生命の働きの二大本能として、食欲と並ぶものです。その本能自身には、善も悪もありません。きれいも汚いもありません。ただその本能が、人間社会において表現される時、人、時、所、つまりＴ・Ｐ・Ｏに三相応すれば、性はすばらしいものになるのです。逆であるならば、汚いもの、不幸のもととなります。そのような考え方を私は二十代の時に、谷口雅春先生が提唱する「生命の教育」で学びました。非常に感動し、現在主宰している「家庭教育セミナー」の指導や個人相談にも取り入れています。

動物の性器はあらわですが、人間の場合は陰部にあります。それは自然の摂理が人間の場合は性を「秘め事」としていくべきものだと示してくださっていると、とらえるべきなのではないでしょうか。

私はこの有罪判決に勇気を得ました。「わいせつ」という認識はまだ存在していたのです。性教協のすすめる性器教育は「犯罪である」と、声を上げていきたいと思います。そのような変態集団に、私たちの大事な子孫の人間教育を牛耳らせてはならないのです。この日本をケダモノ以下の人間だらけにさせないために、教育を一刻も早く、まともな人間の手に取り戻すよう警鐘を鳴らしていきたいと思います。

えせ保守の「パパとママ」

「やたらと使われる外来語」を戒める風潮が、最近かなり見られるようになってきました。私などは無学で、国語しか理解できないから、そういう流れは大歓迎です。教養ある方との会話だと、外来語が多くて理解できないことがたびたびあります。しかし、いちいち質問するのも煩わしいですし、それに無学であることを見下げられそうで、正直なところ不愉快ですから、分かったふりをしてしまいます。

国語を大切にすべきことを主張している教養人たちの中にも、多くの外来語を使って話される方が少なからずいます。ひねくれ者の私は、自分の教養のなさは棚に上げて、「それって矛盾ではないのか」と、いつもすねています。「国語を大切に」との主張は私も大賛成なのですが、まず自らそれを実践してほしいと思います。それくらいの筋を通していなければ、人を啓蒙しつつ、この国を変えるという大事業などできるはずがないではないかと思うからです。

また、外来語は無学者には理解が難しいからというだけではありません。「日本の文化伝統を守るという面からの国語問題」として、私が常に不快に思う言葉の一つに「パパとママ」があります。といっても、幼児が使うそれではなく、「(国語を含む)日本の文化伝統を守れ」と主張している保守派の大人の方々がそれらを使うことに対してです。

保守派の講演者が、聴衆の前で家族の話題に触れることがあるのですが、気になるのは、「パパ、ママ」と呼び合っていることを披露されるときです。日本の文化伝統を訴えながら、いい年をした大人が公の前で「パパ、ママ」と言う感覚が、私には理解できません。また、成長されているお子様方が、「パパ、ママ」という呼び方をされていることを、恥ずかし気もなくご披露する方もいます。先日もある保守派の女性代議士が、中学生のお嬢さんたちに、ママと呼ばれていることを話されていました。私はそんな時、「お父様、お母様」とかの日本の呼び方をしつけられていないのだなあと、何だかひどくがっかりしてしまうのです。

私の教育セミナーを受講している若い母親たちは、自分の子供たちに赤ちゃんの時から「お父さん、お母さん」と、呼び方をしつけています。日本人の子供を育てるのだという矜持《きょうじ》からです。満二歳になったばかりのCちゃんなど、もうしっかりと「お父さん、お母さん」と呼んでいます。

いつだったか、敬宮《としのみや》愛子様が「パパ、ママ」とお呼びされているのをテレビで拝見して、私は「あー、日本の国の行く末は……」と、がくぜんとしたものです。愛子様の「パパ、ママ」を、日本人としての私たちはどう受けとめればよいのか、またどうしてそのようなことになってしまっているのかと、しばらく苦悩し続けたものです。

日本語に関するテーマとは違いますが、「表現」ということでも常に感じている疑問があります。それは難しい文章についてです。文章に限らず、何事でも目的があって事を行います。その、事を行うというとき、人はどんな目的を持って、どんな人を対象に事を行うのかを意識するはずです。専門家同士や高いレベルの教育を受けた方対象であるなら、どんなに難しくても構わないでしょうが、現代教育しか受けていない若い者や、専門知識のない一般大衆をも啓蒙したいという目的の場合はどうでしょうか。改めて説明する必要はないでしょう。

しかし知識人には、この「易しく伝えてあげる」ということが、なかなか難しいようです。何かを啓蒙するのが第一目的であるならば、まずは内容を理解させることなのです。そのためには、最初はある程度易しい、専門的でない表現をしてあげることも必要です。自分がいかに有能であるかをひけらかしたいのであるというなら話は別ですが、「このお方は、随分難しい文章を書かれているが、目的は一体どこにあるのだろうか」と、首をかしげることも多々あります。現代の若者の多くが、たとえ大学や大学院を出ていても、とてもそうとは思えない次元の読解力、文章力しかないという、現実認識ができていないからであろうかなども思います。

戦後教育の成果が、どれだけひどいものであるか（私も含めて）を、もっと認識してほしいと思います。そして、いったんその者の段階まで下りていって、手を貸してやってほしいのです。再教育はそれ以外に方法がありません。それをしながら、根本的な教育内容の改革運動に取り組んでいくべきなのではないかと思います。薄っぺらな評論家が、いくら戦後教育の有様を嘆いても、それだけでは事は何一つ解決しないのです。

私はこれまで何度も主張してきているのですが、言うだけ、嘆くだけなら誰でもできます。昔から、「小さなことができない者は、大きな成功も勝ち取れない」と言われているではないですか。実践という筋を通してこそ、真に人の信頼も勝ち取れ、社会改革にもつながっていくはずです。

唯物主義者である左翼人種に対しては論外ですが、私は自らの実践なき保守の論客を、「似非《えせ》保守」と呼びたいと思います。そういう人を私はあまり信用しません。

人生いろいろ、校長様もいろいろ

五十数年も生かしていただいておりますと、つくづく人生とはさまざまであると感じます。人様にはとても解ってもらえそうにない道を歩んで来てしまった私には、見えなくてもよい世間の裏側まで見えてしまうことが多くて、ひどくくたびれます。

私だって、決してほめられた人生を歩んできたわけではないのですが、「筋を通した生き方」だけは心掛けてきたつもりです。でも、そんなのは今時はやらないのですよね。「まるで任侠道の人だ！」なんて言われたこともありますし……。

それに、子供たちがまだ少年少女だった頃、「あの人変わってるよねー」などと発言しようものなら、「あんたのお母さんのほうが変わってるよ！　って人様からは言われてるんだからね！」と、きつーい一言が返ってきたものです。

どう生きたって、人様からはいろいろ言われるものです。だから私は、人からどう思われるかではなく、神様からどう思われるか、それを基準に生きることに決めたのです。また、人様は信用してはいけないものということも、数多く体験してきました。

親子兄弟姉妹夫婦、また、死ぬほど好き合ったと思ったお方ですら、何か問題が生じたらどういう態度に出てくるか分からないものです。得てして人は自己保身にまわるものです。だから私は、基本的には人を信用しません。といっても、人嫌いで孤独癖をもって生きているわけではありません。何を信じて生きているかって、それは神様を信じて生きているのです。

この世のすべてのご縁は、良くも悪くも神様からいただいたもの……、だから大切にするのです。良いご縁であれば感謝の心で受けとめます。しかし良いご縁と思っていても、とんでもないことになってしまうこともあります。そういう時は、学びのチャンスを与えていただいたと受けとめることにしています。そうすれば、一時は腹が立って悔しかったりしても、最後は穏やかに収めることができるというものです。

しかしそれにしても、最近はとんでもないことが多すぎやしませんか。

いつの世でも、一般大衆、俗人というものは視野も狭く、目先のことしか見えないもののようです。ですが、その時代の流れには乗り遅れまいと必死についていきます。だからこそ、使命を持つ「時のリーダー」の責任は重いのです。一般大衆をどうリードしていくか、まさにリーダー次第です。時代の流れをどうつくるか、筋の通った正しい指導ができる真のリーダーが必要なのです。

ところが今の世はどうでしょうか。使命を果たすべきリーダーたちが、大衆よりも率先して目先の私利私欲に走っているではありませんか。この世がまとまりがつかなくなるのも当然です。えせリーダーばかりなのですもの。

さて、その真のリードをすべき偉いお方に、私たちは最近大変不愉快な思いをさせられる羽目になりました。「某教育会」でのご縁でお知り合いになった、東京都港区立A中学校のH校長様です。

私共はその会の会員ではありませんが、ある大会での実践発表の適任者がいないので、是非発表者を協力してほしいとお声をかけていただきました。お役に立てるなら、学びのチャンスにできるなら、と協力させていただくことにしたのでした。

先日、その発表者を務めた学校教師のK子さんが、H校長様から随分品性下劣なことを言われたと訴えてきました。紙面を汚すようで、ここに記すことはとてもはばかられるのですが、世に問うために、あえて記させていただきます。

「○○（その中学校のある地名）に遊びにおいでよ。つくばだけで満足していないでさ。世の中は日々進化しているんだからさ……。K子ちゃん、女を磨かなければだめだよ。それにさ、女性の喜びを味わわなくちゃ。いい男がいないからなんて言ってちゃダメ。いろんな人と付き合わなくちゃ。はじめから完璧なヤツを望んでちゃダメだよ……。女は男に抱かれなければだめなんだよ。男も女を抱かなきゃだめだし。K子ちゃんの近くにはいい男がいると思うんだけどなぁ〜。ここにもいい男がいるだろう（それって、ご自分のこと……、ですよネ?）。女性は年が近い男のほうがいいんだろうけど……オレも今、元気だし（やっぱりご自分のことですよネ?）。つくばにばかりいないで、もっと広い世界を見ないと！　オレも吉田先生に負けないくらいいろんなことを知っているし、勉強もしているからさ。オレ今、品川プリンスホテルにいるんだよ。たまにはこういう所にも出て来ないと。K子ちゃんには力があるんだから。今度、ダ・ヴィンチ・コードの映画でも見に行こうよ」

ざっと以上のような内容の電話だったそうです。

H校長様には、最近私共の家庭教育セミナーにご参加いただきました。その時は、校長様の他にも二、三名の方が東京からおみえになってくださいました。セミナー終了後、是非お酒も飲みながら皆と交流したいとのご要望もあり、私は田舎料理も手作りしておきました。あり合わせの材料でしたが……。そんな私たちを見て、こんな田舎のつくばで、田舎者の吉田にだけ随《つ》いているなんて……と思われたのでしょうか。品川プリンスホテルのようなしゃれた所で食事するようでなきゃ、女を磨けないよとでもいうことなんでしょうか（そういえば、私の知人がこのホテルの副料理長を務めておりましたっけ）。

私共のセミナーに参加くださるなんて、随分謙虚な校長様なのかしら？　と思ったのは、私共の大いなる勘違いだったのですね。目的はK子ちゃん……、私もその時はそこまで読み取れませんでした。

K子さんは最初から「随分セクハラ校長なのよ」と私に訴えておりました。むきになるのも大人気ないと、適当にあしらっていたのですが、こんな品性下劣な（まるでフリーセックス論者です）ことを言われるなんて、私にスキがあったのでしょうかと、今回ばかりはかなりの落ち込みようです。

私だって、この報告を受けて落ち込みました。その教育会とK子さんとの縁は私を通して出来たものなので、責任を感じざるをえません。彼女はその教育会とは最初から波長が合わなかったらしく、それまでにもいろいろと不愉快な思いをしていたようです。彼女には本当にかわいそうな思いをさせてしまいました。

それに私は、人間性を中心に見ていたらお付き合いできる方なんて限られてしまう、大きな目的のためにはある程度のことは目をつぶって「小異を捨てて大同につく」の精神で、相手の肩書きとお付き合いすることも必要なのよ……とも指導してきました。知名度など何も持たない集団の悲哀からです。ですから、H校長様の人格とお付き合いしてきた覚えは、私たちには断じてありませんでした。「某教育会のメンバーである校長様」という肩書きとお付き合いしてきただけなのです。

以上の校長様のお言葉が、その辺の普通の男性の言葉なら「あー、俗世の男なんてそんな程度よ、よくある話よ」と聞き流すこともできたでしょう。しかし、立派に教育を語る校長様のものであったのです。それに奥様だっていらっしゃるお立場の方でしょうに……。「K子ちゃん」なんて呼んでしまって、わが研究所の日女《ひめ》をまるで、自分の愛人でも扱うかのような品性下劣な振る舞い……。肉欲と物欲のみに生きているような俗世の女たちにならいざ知らず、誇り高きわが研究所の日女たちの心をつかめるのは、「魂の高貴さ」のみであることなど想像もつかないのでしょう。

そういえば、その校長様から当研究所へお電話をちょうだいした時、受けた従業員が、お名前を名乗ってくださらないので「どなた様でしょうか?」とお伺いすると、「恋人からだよと伝えてくれ!」とおっしゃったって。その従業員はあ然としておりました。

親しみを込めたユーモアと善意で受けとめ、相手がそうならこちらもそういう対応でと、私も応対させていただきましたが……。まがりなりにも看板を出して、従業員も採用し、社会に堂々と立ち向かっているつもりの私の研究所へいただいた電話です。随分と軽くあしらわれているのだなぁ、と感じたものでした。

言っていることと、やっていることが違いすぎます。特に品性などというものは、普段の心持ちがにじみ出てきてしまうものなのです。H校長様はそんなことも知らないのでしょうか。

Ｋ子さんばかりでなく、当所の会員たちは皆、他の団体の方々と関わるのはもうコリゴリ、と口々に申しております。

「どんな立派なことを言っていても、人間としての魅力のあるお方はほんとにわずか！　もう十分に勉強させていただきました。だから、もう他の集団と関わるのはよしましょう。この研究所だけでやっていきましょうよ。俗世の男性と結婚できなくてもそれはそれでケッコウ!!　皆で神様にお嫁入りしましょうよ」

私は彼女たちにそう哀願されてしまいました。

学歴も地位もお金も、俗世のものなど何も持たない私ですが、若い人を育てなければとの思いで、無いは無いなりに必死に努力してまいりました。他の団体とも積極的に交流して学んでいきたい、また協力し合えたらと願っていたのですが、私ももうコリゴリという気分です。

皆さん随分立派なことをおっしゃっておりますが、左翼界はもちろんのこと、保守界も教育界も、そして宗教界も、どこもかしこもこんな程度の品性下劣な人物が、立派な地位に就いて幅を利かせているものなのですよネ。

我こそはこの世に対して　使命のある人間であると　思われているお偉い方々へ

まずご自分が人間を磨かないと、若い人は随いてきません。

若い人が育たなければ、世の中なんて変わりゃしません。　以上。

（その後、H校長様は、「某教育会」から除名処分を受けたそうです。会の名誉のために追記させていただきます。）

それって宗教じゃないのぉー！

学校教師のK子さんは、休憩時に、私の薦めた『江戸取流「学力革命」』（サンマーク出版）を開いていたそうです。すると、同僚の教師が好奇の目で「それ何？」とのぞき込んできたそうです。「道徳教育、人間教育をして、学力もすばらしく向上させた江戸取の本よ」と彼女が答えますと、返ってきた言葉は、「道徳？　それって宗教じゃないのぉー！」と、何とも言えないいやーな言い方だったとか。彼女は嘆くことしきりでした。

人間教育、道徳教育といえばいやなもの、宗教、または軍国主義復活と、バカの一つ覚えのように反応する現代人の何と多いこと！　しかも、学校教育現場ではとりわけそれが多いといいます。私もよく経験していることです。

私の相談室には、各種の問い合わせの電話がかかります。一番問題となるのは「料金」、次が「宗教ではないのか」です。それも、穢《けが》れたものにでも触れるかのような言い方なのです。良いこと、感動的なことは皆、「宗教なんじゃないのぉー」と受け付けない現代人は、ほんとうに神仏がお嫌いのようです。

こんなこともありました。ある相談者と食事をする機会を持ったのですが、私より年上の彼女は、「いただきます」の挨拶もせず食事をし始めたのです。思わず私は、「いただきます」くらいしましょうよ、と合掌してみせました。その後、彼女は家で「いただきます」と合掌したら、ご主人に叱られたそうです。「なぜそんなことをするのか、宗教みたいでおかしい」と。今の公立小中学校でも同じ状況のようです。

「魂」や「霊」という言葉を使っただけでも、現代人の多くはもうダメです。人間の本質的なものを、一体どうやったら感じ取ってもらえるのやら、私の相談室での苦悩は深いのです。それに「料金」と「宗教か？」の問題を突破して相談に来られても、一つ一つ当たり前のことをかみくだいて教えてやらなければなりません。例えば、「人前であくびをするときはどうすべきか」などということまで教えるのです。若い女性が私の前で、平気で大きな口を開けてあくびをします。対人関係がうまくいかないという、当然すぎる悩みです。

私の研究所は、宗教団体でも何でもありません。人間が幸せになるための方法として、自然界の一員として「自然界の法則」に沿って生きる道の助言をし、また、人間をこの世をつくられた創造主を、『神』とお呼びするのだと説明します。そして、あなたの苦しみは、その「自然界の法則」から外れてしまった結果であり、生きる道を修正するしか方法はないのだと、具体的に助言するのです。根気強く再教育を試みますが、ここまで獣化して身勝手きわまりなくなってしまった現代人の再教育の、何と容易でないことか。求めてくる、縁ある人を一人一人――それ以外に方法はないようです。私の指導は地道な作業です。

当然、手遅れ状態の人間がかなり多いのです。苦しくなれば救いを求めてきます。が、授業料は払いたくない、自分を変える努力はしたくない、困ったら何でも他人がやってくれるのが当然みたい、福祉が当たり前みたい、困っている人から金を取るのかと、逆に悪態までつかれる始末です。「身から出た錆《さび》」「自己責任」という言葉など、もはや存在しないかのごときです。私は、一体誰がこんな世にしたと叫びたい心境です。戦後の唯物主義教育が見事に功を奏したのと、おかしな宗教団体の多いことが原因でしょうが……。

当然すぎることですが、教育はすべての根幹です。平成十八年にはやっと、不完全ながら教育基本法改正が実現しました。しかし、もっと根本的なところからの現行憲法改正、教育改革を一日も早く実現したいものです。それらはまさに諸悪の根源であるのです。日本の教育の現状は、小手先の対応ではもう無理なのです。

いつまでも「それって宗教じゃないのぉー！」と言わせていたら、日本の国は間違いなく滅びるでしょう。

物を粗末にしないこと、物を生かすこと

従業員を募集し、試用してみての顛末記です。

試用一カ月でやめてもらったその女性（四十七歳）は、ある日の昼食時に刺し身を食べるため、しょうゆを皿になみなみとついだのです。当然ほとんどの量が残ってしまいました。すると彼女は「これも冷蔵庫にしまっておくのですか」と質問したのです。

私はすぐには言葉を発することができませんでしたが、心の中で思いました。この女性は、物を粗末にしない主義の私をよほどバカにしているか、またはよほど知恵がないかどちらかだと。

もちろん、質問に対して道理を説明する気などは起こらずじまいでした。

私はたとえ世界中で一人であっても、神理だと思うことは信念を貫く頑固者です。物、特に食べ物を粗末にしないということは、徹底して実践しています。また、会員たちにも口を酸っぱくしてそのことを指導しているのです。従業員採用に当たっては、私の主義主張を記してきた随筆等も読んでもらって、私の価値観に共鳴できるかどうかを確認もしています。が予想以上に、私の感性や生活の仕方は、大多数の現代人とは隔たりがあるよう

です。

私はこの出来事を、独身女性ばかりの「生き方セミナー」で取り上げ、あなたたちなら彼女の質問に何と答えるかと問いかけてみました。しかし、誰も自信なさ気で答えられないのです。そこで私は次のように解説しました。


〈乞食〉人が食べ残して、捨てたような、汚くなった残飯も平気で食べる。

〈ケチ〉食べ物を残飯にしてしまっても大事に食べる、施しができない。

〈物を粗末にする人〉平気で食べ物を捨てる。

〈物を大切にする人〉残飯を出さないようにする。食材を腐らせたり捨てたりしない。

〈物を生かす人〉たとえ夕飯の残りのおかずでも、翌日工夫して新しい料理に生まれ変わらせる知恵、愛の心がある。


物を大切にする人は、刺し身のしょうゆを必要以上になみなみとついだりはしません。足りなくなったらつぎ足せばよいのですから。しかし最初から必要以上についでしまったら、無駄になるに決まっています。そして、その残ったしょうゆは残飯となってしまい、捨てなければならなくなるのです。

他の食べ物も、残飯にしないためには、食べられる分だけを、きれいに取り分けて食べればよいのです。汚くしたものまで食べる人を、ケチ、乞食というのです。

以前に、生き方セミナーで夕飯のおかずが残ったら捨ててしまうお家は？　と質問しましたら、何人も手を上げました。

感謝して工夫して食べないと、バチが当たると指導し、家の人にも教えるようにと言っておきました。その後、会員のお母さんの中には、「とても良い指導をいただいて、早速実行しています」と感謝してくださる方もいてほっとしました。しかし中には「あんた！　最近うるさくなったわね」と怒っているお母さんもいるとのことです。

食（しょく）は職（しょく）につながると、『不思議な記録』で読みました。食を粗末にする者や家庭は、やがて職に不足するようになるというのです。こんなことを言うと、バカにして笑う者が多い現代社会ですが、現に職に不足して困っている人が増えているではありませんか。

何もかも国や社会に責任を押しつける風潮の世ですが、結局、自分の運命は自己責任なのだということに気付かなければ人間は幸せにはなれません。心していきたいものです。

4

身の回りのこと

食文化の崩壊　その一

私はホームパーティー大好き人間です。若い時から、何か理由をつくっては友人知人をお呼びして楽しんでいました。手軽にたくさんの量を作れる献立を工夫して、お客様から「おいしい」と喜ばれることを無上の喜びとしています。いわば私の趣味なのです。

現在では時間の許す限り、会員相手にその手ほどきにいそしんでいます。本来は一人暮らしの私であるはずなのですが、いつも大家族の様相を呈している不思議なところです。

それにしても、と感ずるのは、現代人が何と「食」のことを知らな過ぎるかということです。一体、今までどんな食生活で成長してきたのだろうかと、あ然とすることもたびたびです。料理ができない以前に、「食」を知らな過ぎるのです。

コンビニ食、ファミレス食……忙しいときは実に便利な世の中です。まあ、日々の空腹を満たすのには困らない環境が整っている日本ですから、料理などできなくても差し支えはないのですが。しかし食文化の崩壊がこのように限りなく進んでいる日本は、これからどうなってしまうのだろうかと危惧するのは私だけではないはずです。

ある日、若い会員たちとの夕食の献立に、『白髪ネギ』を使いました。白髪ネギというのは、長ネギの白い部分を5～6センチに切り、縦に切り込みを入れ芯を取り除き、芯側を内側にして細千切りにし、水にさらして用いる料理法です。

「白髪ネギって、畑で出来るネギの種類かと思いました。お料理の仕方だったんですね!!」と屈託がないのです。実にかわいい彼女たちです。まあ、これは現代では高度な料理知識の部類に入るのであろうと許せます。

ところが、健康運動指導士であるS子さんの報告には驚きました。「先生聞いてくださいよ」と、彼女は仕事先で仕入れてきた話題を興奮気味に話してくれたのです。

保健師さんが離乳食の指導で、「ひたひた水で調理してください」と言ったら、若いお母さんが、「ひたひた水はどこで買えばいいんですか？　コンビニにありますか？」と質問したそうです。いうまでもなく、「ひたひた水」というのは、材料の頭が水から出るか出ないかくらいの水加減のことです。その真剣な表情に、保健師さんは言葉を失ったそうです。そして、「週刊誌などで、そういう超新人類が増えていることは知っていましたが、ついに私も体験させられちゃいました」と、やはり興奮していたそうです。

以前の日本では、花嫁修業は当たり前のことで料理を習う人も多かったものです。私などは若い時に好き勝手な生き方をして、花嫁修業をする暇などなかったので、当然困ることになり、その後必死になって料理の本などで勉強したものです。そして気が付いたら料理が楽しくて、人様に食べていただくのが趣味の人間になってしまっていました。

特に野草料理は楽しいものです。春が来ると、よもぎや柿の葉の天ぷら、つくしんぼの酢の物、こごみの和え物、蕗は茎を料理するだけでなく、葉は佃煮にします。特に山蕗の味は病みつきになります。春先のアクのつよい野草は、体にとても必要なものであるのです。私はうんちくを傾けながら、「えーっ、こんなものまで食べるんですか」と、若者たちが驚くのを楽しんでいます。ぬか漬けも年中欠かさず、秋になればムカゴご飯や栗ご飯と、季節の楽しみは尽きません。また、お祝事の時は日本の文化にこだわって、必ず手作りのお赤飯で祝います。二、三十人分なら一人で作ってしまいます。和食がいかに自然の理に適っていて健康的な食であるかは、すでに認められているところです。

ただし、ちょっと調子に乗りすぎてしまって失敗もあります。

ある年の春先のこと、間違って毒草を食べさせてしまったのです。三人で食卓を囲んでいたのですが、次々と吐き気がしてきて「あっ、もどき草だったのだ」と気付きましたが、あとの祭り。幸いすぐに『梅肉エキス』を飲んで事なきを得ることができました。これまた、日本古来の自然療法「和法」の代表格である、梅肉エキスのすごさを知らされる一件となったのですが、くいしん坊もほどほどにと、反省させられた事件でありました。

さて、「料理の極意は」と聞かれれば、私は次のように答えます。

「おいしいものを食べさせてあげたい」というたっぷりの愛情、これに勝る調味料を私は知りません。そして、「旬の新鮮な食材の調達」です。また、料理法はできるだけシンプルに、しかも薄味で……。食材そのものが持つ味を味わい尽くすのです。これ以上の贅沢はないと思います。

「食」は体だけでなく、心や運命もつくります。「食」という字は、人を良くすると書くのです。青少年の問題――性の非行や、すぐ切れるということも、「食」と無関係ではないでしょう。安岡正篤先生のご著書『人間をみがく』にも記されています。『**ねずみの餌からマンガン分を完全に除き取ると、母性感覚を失う**』と。

人間とて、おそらく同じでしょう。「食」はまさに、生きることの基本です。食の教育を家庭の親に望むのはもう絶望的というのなら、せめて学校ででも、もっと時間をかけて教育してやってほしいものです。小学校低学年にまで、犯罪的な「性器教育」などをほどこしている暇があるのなら、できないはずはないでしょう。

愛する家族のために、「食」に真心をこめられる女性を育ててやりたいと私は念願していますし、わが研究所の重要な使命とも自負しています。そのことが何よりも、女性自身の幸せにもつながると信じるからです。

食文化の崩壊は、日本人を破滅させる一大事なのです。

食文化の崩壊　その二

私が思いがけず小さな小さな庭を持つことができた時、造園業の方が素敵な庭を造ってあげますよ、と声をかけてくれました。しかし、「自給自足の生活がしたいから、戦時中のように、畑にするので……」と笑ってお断りしてしまいました。やはり新築の、ご近所の庭は皆おしゃれです。が、わが家だけは、昔懐かしい草花やら野菜やらの雑然とした庭となってしまっています。夏などは手入れが間に合わずジャングル状態です。

ナスやピーマン、ミニトマトなど、誰が植えても実ってくれるような野菜ばかりではありります。素人の私は育て方も知らず、何より忙しくてたいした手入れもしてやっていないのですが、それでも実ってくれるので驚きです。それに採れたてのピーマンがこんなにも柔らかく甘いとは！　と感動でした。ミョウガや菜っ葉も食べ切れませんでした。無農薬の大葉は、最初虫に食われてしまっていましたが、夏の真っ盛りにはどんどん繁って虫も食べ切れないようです。訪ねてくる人たちにおみやげに持たせてあげ、大層喜んでいただけました。『食文化の崩壊　その一』に、素材そのものが持つ味を味わうと書きましたが、まさにその醍醐味を味わっています。

さて、食の楽しみは味わいそのものだけでしょうか。和食のすばらしさの一つに器との調和があると思います。日本の食文化は芸術そのもの、雅な世界です。かつて、上海の知人夫婦が来日中、何度かお招きしてホームパーティーを開きました。奥様は、「日本の食は何て器が素敵なの！」といつも喜んでくださったものです。

ところが先日また、E子さんから、耳を疑うような話を聞かされてしまいました。彼女は、友人夫婦から夕食にお呼ばれされたそうです。冷奴はパックのまま、薬味としょうゆをかけて食べさせられたというのです。また、スーパーのお惣菜がパックのまま出てきて、値段の付いたラップをはずし、皆でつついて食べたそうです。彼女はあまりのことに、帰宅時駅まで送ってくださったご主人に、「ちょっと、あんな手抜きの奥さんで大丈夫なの!?」と、遠慮なく言ってしまったそうです。すると「わざわざ器に移しかえる手間が省けていいんじゃないの？　自分の母親もそうだったよ、何かおかしいか？」という答えが返ってきたそうです。

あー、夫婦ってこのように価値観が一緒なら、仲良く平和に暮らせるのか……。奇蹟的相性の良さ！　でも私にも彼ら夫婦みたいに、そんなに息の合う人が現れてくれるのかしらと、E子さんその夜は朝まで眠りにつけなかったそうです。

この話題で盛り上がっていますと、学校教師のK子さんもコメントしてきました。「学校給食でも、冷奴はパックのままなんですよ。真ん中を窪《くぼ》ませ、そこにおしょうゆを入れて食べさせているんですよ」

何たること！　私は、頭をガーンと一発殴られた思いがしたのです。日本の食文化が壊れていく、家庭でも、学校でも……。まるでエサを食べるようなものではないですか。日本人は一体いつから野獣のようになり下がってしまったのでしょうか。ただ合理的でありさえすればよいというのでしょうか。美意識、感性の豊かさなどというものは、もう必要ないというのでしょうか。

学校給食は、戦後日本人皆が物質的に貧しかった時に始まりました。しかし現代は、物が貧しいからではありません。心が貧しい日本人が増えているから、それを補うために存在価値があるのでしょう。

家庭が悪いのか、学校教育が悪いから家庭も悪くなるのか。とにもかくにも、日本の食文化は限りなく崩壊しつつあります。

命がけの雪山ドライブ

―天才的ドジ事件―

ある年の年末三十日から新年を、私は山の宿「烏山わらび荘」で一人過ごしました。そこは栃木県烏山町、あちこち当たってやっと予約がとれた、初めての宿です。

雪道の運転に自信のない私は、予約の時にそのことを伝えました。そして「大丈夫、ミカンもなる暖かいところです」との返事をいただいていたのです。

しかし、前日二十九日は雪でした。出発前に、普通のタイヤだが行っても大丈夫かと、確認の電話を入れました。注意して来てくだされば大丈夫との返事でした。それで私は予定どおり出発したのです。

ところが、それは命がけのドライブとなってしまいました。何度も道に迷いながら一人夢中で走りました（私の車はカーナビが付いていません）。しかも日陰は雪が解けていません。これはダメだ、戻ったほうがよいと気付いた時には、もう手遅れです。上り坂を進んで来てしまっていて、その坂道を下るとしたらそのほうが恐いのです。何しろカローラで、しかも普通のタイヤなのです。

年末は忙しかったせいもあって、満足に地図も確認しないままでおりました。天才的思い込みの激しさで、何とかなる、大丈夫と思っていたのですが……、甘かったようです。途中で宿に確認の電話をしました。あとどれくらい距離があるか質問をすると、八キロですって。「えーっ、八百メートルじゃないんですか!? そんなに遠いんですか！」と叫んでしまいました。

ガードレールもない、対向車が来たらすれ違えそうもない雪の山道。しかも眼下は谷底のようです。それに加え対向車など一台もありません。それがなお一層、恐怖心を大きくしました。

神様助けてください！ と私は一人、夢中で走りました。やっと平らな道に出たと思ったら、先が二股に分かれています。携帯で宿に確認すると「右でしょう」と曖昧な答えでした。でも無理もありません。山ばかりで、私は目印の説明がうまくできなかったのですから。

指示どおり右の道を進んで行くと、今度はその先の道が無いのです。この道は間違いだったと気付いたけれど、私の運転技術では、恐ろしくてバックもUターンもできそうにありません。

ふと目をやると、民家が数軒ありました。私は思わず、誰か助けて！ と思いっ切りクラクションを鳴らし続けてしまいました。びっくりして飛び出して来てくれた男性に、窮状を訴え、車をUターンさせてもらいました。あと少しの所だから頑張って行くようにと、励ましの言葉まで頂いてしまいました。

しかしまたすぐに、恐怖の事態が発生しました。急カーブの坂道に差し掛かったのです。帰りの時は絶対にここは下れないと思いながらも、とにかくもう進むしかありません。息を止めるようにして思い切りアクセルを踏むと、無事に上れました。

ところが、またもや難関が待ち受けていたのです。またまた二股の坂道なのです。民家などもう一軒もありません。そこには看板がしっかりとありました。でも、この道でいいのか、もし間違ったら、とても一人でその坂道は下りられないと、慎重な気持ちになり、坂道の途中で車を停止させ、携帯を鳴らしました。

そのまま上って、あと二～三百メートルの所だとのことで発進しようとすると、タイヤがスリップしてしまってどうにも上れないのです。タイヤから煙も出て、ゴムの臭い匂いまでしてします。雪の坂道で車を停止させるなど、もってのほかだったのですね。それに山の日が落ちるのは早いのです。もう薄暗くなってしまっておりました。

半べそで「かみさま～！」と叫びますと、バックしながらハンドルを切れ、との声がしたような気がしました。恐る恐るやってみると、無事発進できました。

宿では、ご主人が心配そうに迎えに出てくれておりました。私は車を停止させるなり、叫んでしまいました。

「嘘つきじゃないですか！　大丈夫ですというから来たのに！　心臓が破裂しそうです。とても私、あんな道帰れません。帰るときのことを考えたら恐ろしくて、恐ろしくて、どうしたらいいんですかぁ？」

「よく来ましたねぇー。帰りのことはなんとかしてあげますから、心配しなくても大丈夫です。ゆっくりしてください。それにしても、運転上手なんですね。あの道を上って来るとは」

「そんなーっ！　私命がけで来たんですよ！　大丈夫って言われたから来たんですよ。運転上手なんかじゃありませんっ！　そんなこと言わないでください！」

私は思い切りわめいてしまいました。

お風呂でも、食事の時も、心臓は高鳴りっぱなしです。部屋に戻ってK子さんに電話しました。

「もう来てしまったんだから仕方ないわよね。それに、宿ではなんとかしてくれるって言うんだから、信じて心配しないで、もうあきらめているしかないよね」

やっとそう悟ることができて、眠りにつきました。そして四泊をその山の宿で過ごしました。

—烏山わらび荘の人たちと—

そのわらび荘は、標高三百メートルほどの山の上にありました。十部屋ほどの小さな山の宿です。那須連山がとても美しく、朝は富士山もくっきりと見えました。眼下には、那珂川の清流がきらきら輝いています。見渡す限り山、山、山です。

以前は烏山町町営の国民宿舎だったそうです。一旦閉めたとのことですが、山の宿を再びと願う町の人が、管理組合を作りボランティアで始めたというのです。普段山の宿を守っているのは、Yさんご夫婦です。あとは、町の若い何組かのご夫婦が、もう数年もボランティアで支えているとのことです。町の信用金庫の支店長さんや警察官、消防署員や大工さんだとか。手打ちソバと、鮎の塩焼き、山菜、おいしい漬物……。私にはたまらない山のご馳走ばかりです。

ノーマルタイヤのカローラで、雪の山を一人上ってきてしまったゆうけいさんは、格好の酒の肴にされてしまいました。

地元出身で、イノシシ狩りに度々来ているという東京の社長さんは、ニヤニヤしながら「エーッ、カローラで、ノーマルタイヤで来たっ!?　女の人って勇気あるねー。でもそれは、相当運転うまいよ！　あの道はむずかしいど～。一番の難関コースだよ。四駆だって、ノーマルタイヤじゃとても来れないよ！」と。

みんなでおもしろそうに囃《はや》したてます。でも、陽気な良い人たちばかりでした。

恐怖の命がけのドライブをして、翌朝気付くと、そこは美しい銀世界でした。朝食を済ませると、私は山に飛び出しました。誰もいない雪の山を、動物の足跡を追っかけて、奥までどんどん入って行きました。その足跡は野うさぎやきつねのものだとか。空の青さにも、「何てきれいなの!!」と思わず一人叫んでしまいました。

最初の朝、あまりに私が戻ってこないので、宿のご主人は心配して、私を捜しに山へ来てくれました。

―神様との約束―

雪の山で一人迎えるお正月……これは、以前からの私の夢でした。しかしあきらめておりました。なぜって、車の運転が恐ろしいし、遠方へ行くのは億劫でしたし……。ところが神様は、期せずして私の願いをこうしてちゃんと叶えてくださったのでした。

神様といえば、数年前の三月に、私は一人仙台へ車を走らせておりました。仙台の天候は晴れと確認して向かったのですが、途中の福島県が雪でした。あの、東北道の国見坂の恐ろしかったこと！　その時も普通のタイヤで、チェーンなども持っておりませんでした。私はチェーンなど、自分で着けるのはとてもできそうにありません。ですから雪道は絶対に運転しないと、固く決めていました。しかし人生というものは、意に反してこのようなことが起こってしまうものなのですね。

あの仙台行きの時も、私はもう引き返すこともできず、泣きながら神様にお願いしました。「かみさま～、もう二度とこんな無茶はしませんから、今回だけはどうか助けてください」と。

ですからこの度は、「もう二度と無茶はしませんから助けて」とは言えませんでした。だって、神様との約束を破ってしまったんですもの、それこそ大嘘つきになってしまいます。「神様ごめんなさい、またこんな無茶をやってしまって……、でも助けてください!!」と必死でお願いしました。

そういえばわらび荘のご主人は、「えーっ、ノーマルタイヤで来られたんですか?」と驚いておられました。「わたし、電話で普通のタイヤですって言いましたでしょう～～!!」と言ってしまいました。が、ふつうのって、烏山では冬はスタッドレスタイヤが普通だったのですね。

お互いそれぞれの立場で、勝手に解釈するもののようです。人間の五感なんてあまり当てにならないし、みんな、思い込みで判断するものなのだって、改めてわかりました。

帰宅の時は約束通り、信用金庫の支店長さんご夫婦が助けてくださいました。私が上ってきた道は、地元の人でも恐ろしいということで、難易度の低い別ルートで山から下ろしていただきました。お陰様でつくばに無事帰還することができ、何はともあれホッとしました。

「春になったら、若いメンバーたちを連れて泊まりに来ます」と、勝手に約束してまいりました。


―行ってきました　春のわらび荘―


そして、待ちに待った春がやってきました。私たちは、お泊まり遠足に出掛けました。行き先は、もちろん「烏山わらび荘」です。

天気予報では雨とのことでした。が、とても気持ちの良い、すがすがしい二日間となりました。それに、つくばではもうとっくに散ってしまっていた桜ですが、烏山ではちょうど満開を迎えておりました。二度お花見できるなんて、やっぱりラッキーです私たち‼　見事な桜のトンネルをくぐって、一路わらび荘を目指しました。

雪の、あの天才的ドジ事件の後、メンバーたちは、私の上ったその道を地図でチェックしながら、「この印（・・・）って危険街道の印じゃないんですか〜!?　もう、地図にだって危険な街道ってあるのに、信じられなーい！」などと、好き放題に私を「バカ」にして、笑い転げていました。

　でも、その印（・・・）って、お花見街道（並木）の印なのです。私は言い返しました。

「えーっ、みんな知らないんだ！　その印は危険街道じゃなくて、お花見街道だもんネ」

「うそーっ！」

「本当だもんネ、よく見てごらんよ。私はネ、小学生の頃から地図を見て遊んでいたくらい地図が大好きで、地理のテストはずっと一番だったもんネ」

と、威張ってやりました。そして、そこは本当に見事なお花見街道だったのでした。

　Y社長の運転で、私たちは雪道ならぬ満開の桜街道を、胸をワクワクさせながら上っていきました。私は「ここで道を間違えて」とか、「ここで宿に電話してあと八キロと言われて」とか、ドジ物語の状況を説明してあげました。

　途中で対向車もありましたが、必ず皆停止して、私たちの車を待っていてくれるのです。雪がなくたって、すれ違うのは大変な道でした。ガードレールのない所もたくさんあり、眼下はまさに谷底でした。

　こんな道を、雪の中で転げ落ちもせずに上っていけたのかと思うと、私はとても快感でした。だってY社長でさえ、驚きの声を上げておりましたもの。

「紬恵先生、これは大変な道ですよ。オレの車だって、雪の時は無理ですよ。青ざめちゃうな、先生の度胸のよさには！」と、呆れてはおりましたが…。

本当は無鉄砲と言うのだということくらい、分かっております。しかし私だって、知っていたらやりませんよ絶対に！

「クラクションを鳴り響かせた所はまだですか～!?」

「タイヤから煙が出たってのはどこですか～!?」

日女たちのかしましいの何のって、私は「バカ」にされっ放しでした。ホントに賑やかな道中で、八キロの道のりはあっという間でした。

宿では皆さんに温かく迎えられ、楽しい旅を満喫できました。特にあの支店長さんなど、まるで十年来のお付き合いという雰囲気で、カラオケやダンスにも参加してくださいました。「息が合う」って気持ち良いですね。烏山の人たちと温かい交流をたくさん持てて、心の洗われる旅となりました。

そこで私は思いました、一体あの雪のドラマは何だったのだろうと。いつもは不思議なくらい守られている、ラッキー日女？　の私なのに……。でも、意味のないことは起こらないというのが運命の法則です。

そうだ！　この烏山の温かい人たちと、こうしてお友達にさせてもらうために、あの雪のドラマが必要だったのだ！　あのドラマがなかったら、私はただ通り過ぎていく、一旅人で終わってしまっていたにちがいありません。こうして触れ合えるために、神様はあえてあのドラマを演出してくださったのです。あの時私の車を運転していたのは神様だったわ、絶対に！　そうとしか思えません。私はあらためて確信したのでした。

しかし、何とも救い難い「ドジゆうけい」です。穴があったら入りたいって、こんなことを言うのでしょうね。でも私の場合は、穴を掘ってでも入りたいくらい！　あ〜やっぱり恥ずかしい事件でした。

おめでたい営業マン

「えーっ、それじゃまるで自己破産予備軍じゃないですかっ!?」

住宅メーカーの○○ホームの営業マンから、私があびせられたきつーい一言です。宅地を買い求めると、不動産会社の紹介で彼は現れたのでした。

私はというと、年齢は五十歳を過ぎており、独り身で自営業（しかも社会的認知度の低い業）。その上、財産らしきものなど何もないという恐ろしい現実です。営業マンの驚きも無理もないことなのですが、彼は、「ローンがよく通りましたね」などと、遠慮も会釈もなし（私だって驚いているのにだ！）。他の一言一言も生意気で、突き刺さる言葉ばかりでした。

「そう、大変なのよ。百カラットのダイヤでも買ってくれるスポンサーでも見つけなくっちゃ！」

「えっ、百カラットのダイヤなんてあるんですか？」

「筑波西武の『ジュエリー・マキ』で、この間指にはめてもらったわよ」

（後で確認したら、百カラットではなく、百面カットのダイヤでした。それでもスゴかったですが。）

「明るいオバさんだと聞いていたけど、ホーント、明るいオバさんだあー」

と感心して、彼は去っていきました。

何とおめでたい営業マンであることよ。だが、客の本質をこれほど見抜けないのでは、自分がいかに有能か自慢するほどのこともなさそうです。私の陽気さは、長い間に培《つちか》った世渡りのための術でもあるのです。このオバさんが本当はいかに鋭く恐ろしいか思い知らされ、泣きを見なきゃよいが……。少し心配でした。彼を紹介してきた不動産会社は私の苦情に驚いて、「吉田が怒っている」と忠告しましたが、事の重大さにはまったく気が付かない様子であったと、呆れていました。

さて、ちょっとヒマだった私は、○○ホームの本社にも苦情などを申し上げてみたのです。すると地元の支店次長さんが、「詳しく事情をお聞きしたい」と、飛んで来られました。

「営業マンは本当のことを言っちゃいけませんよ。借りる本人が誰よりも、自己破産もありうると分かっているのですから……。客の出鼻をくじくような、縁起でもないことを言うなんて、何様のおつもりなのかしら。それって、営業マンが客に言っていい言葉ではなくて、コンサルタントの私が、相談を持ちかけられたら言える言葉でしょ？　謙虚さなど持ち合わせず、のぼせ上がっているから、そんな失態を演じてしまうのよ。あきれた。でも、こうして苦情を言ってもらえて幸いですね。

少し、私は恩に着せてみました。「必ずきちんとお詫びにまいります」とその支店次長さんは帰っていきました。

あとで聞くところによると、社長自らお詫びに行かれたのは不動産会社の方だったとか。不動産会社では、「お客様のところに詫びるのが筋でしょう」と、忠告してあげたそうですが、私のところには、なしのつぶてでした。どうせ、怒らせてしまった客は無用なのでしょう。その気持ちはよく分かります。それより、不動産会社から今後お客を紹介してもらえなくなることの方が重大なのでしょう（営業マンも営業マンなら、社長も社長!!）。

客の自己破産を心配するより、ご自分の会社の倒産を心配されたほうがよいようです。週刊誌の「危ない会社情報」でよく社名を見かけますもの。

ホーント、俗世間と関わるとロクなことないんです、私。いやな世の中です。破産が心配な新築の家にこもって、俗世間と没交渉でいられる時が、今の私には、一番の癒しとなっているのです。

お見合い話あれこれ　その一

この題名を見て、「スワッ!!　今回は天才的ドジゆうけいの、お見合い失敗物語か!?」と期待した方がいらっしゃったらごめんなさい。残念ながら、これはゆうけいのドジ物語ではなく、わが研究所の、独身日女たちの悲しい悲しい物語であります。

私は、自分がお嫁の貰い手が無かったからといっても、他の女性たちの恋路を邪魔するものでは、決してございません。結婚するのが自然の理に適っているのだから、良いご縁があったらお嫁にいくようにと、常々勧めております。それに日女たちが良いご縁をいただけるようにと、神々にも参ってお願いもしております。そして日女たちも、お話をいただいたときには素直にお見合いさせていただいております。結果は断られたり断ったりですが……。

最近も、四人の日女たちがお話をいただいて、デートと相成りました。学校の先生であったり、研究者であったり、一流企業の社員であったりと、学歴や肩書きは申し分の無い方々ばかりです。決して日女たちはそういう条件を第一に求めているわけではありません。でも有り難いお話ではありませんか。私は今度こそおめでたいことになるかしらと、母心で胸躍らせたものです。

でも、結果はどうでしょう。まず、将来を期待されて校長を目指しているという、中学教師のお方とお会いしたS子さん。

「お相手の方、ジャージの上着で現れたんです。待ち合わせ場所はファミレス、といったって、初めて会うのに、何だか私どうでもいいとしか扱われていないみたいで」と、彼女は半べそで報告してきました。会話もかみ合わなかったようです。

デート時間の前に何かの試験会場の監督の仕事があったそうですが、「上着だけでも着替えを用意しておいて、さっと着替えてくることくらいできるでしょ！　初めて会う女性なんですよ！」と、私もがっかりしてしまいました。

私以前から感じていたのですが、学校の先生って、装いのマナーがなっていない方、結構多いんですよね。

私の相談室に来られた、若い女の先生のスタイルに驚かされたこともありました。玄関先に現れた彼女は、ジーパンにヨレヨレのTシャツ、素足でスニーカーの踵《かかと》を踏んづけた格好でした。正装をしてきてほしいとまでは言いませんが、初めてよそ様をお訪ねするのに、ハダシで、スニーカーの踵踏んづけはないでしょ！　と私思ってしまいました。しかも、音楽の先生でした。私の少女時代からの音楽の先生のイメージは、美人でお洒落で、ヘアスタイルもとても素敵で、なんて思いがあったものですから、この先生は生徒にどんな教育をしているのかって、心配になってしまいました。

それに、男の先生のスーツでスニーカースタイルっていうのもいただけませんよね。

私、未だに忘れない事件があります。数年前のことだったと思いますが、茨城県在住の中学か高校の男の先生でした。女子生徒買春で逮捕されました。なぜバレてしまったかって、相手をした女子生徒が「あのおじさん、スーツにスニーカースタイルだったから、学校の先生に違いないよ」と、刑事さんに言ったって！　そんなスタイル、学校の先生しかしていませんよ、本当にもう！　せめてもの救いは、買春相手が赴任校の生徒じゃなかったってことでした。

もう一件、日女の悲しいお見合い物語をご紹介致します。やはり、学校の先生とお会いしたC子さんです。二人で筑波山へデート、彼の車で山へ向かいました。筑波山は、中腹にケーブルカーとロープウエイがあり、手軽に山頂へ登れます。ケーブルカー駅近くには市営の無料駐車場（現在は有料となっていますのでご注意ください）がありますが、ロープウエイの駅は、駐車料金が四百円かかります。

「どちらで登りましょうか」と聞かれたので、C子さんは「ロープウエイのほうが眺めが良いので、そちらで」と、答えたんですって。すると彼は「でも、あちらは四百円かかるから」と言って、結局無料駐車場に向かったそうです。彼女は、「だったら、どちらにするかって聞かないで！　まるで私は、浪費家の女って拒否されてしまったみたい。夢も希望も冷めてしまって、楽しくないのなんのって。初めてのデートで、四百円を遣ってやる価値のない女、と烙印を押されてしまったみたい」と、嘆くことしきりでした。

そうそう、このデートにはもう一つオチがありました。

ケーブルカーを待つ間、彼は自販機で缶コーヒーを買ってきて、一人飲み始めたんですって。「あっ、私先に気付けばよかった」と思ったけれど後の祭り。そんな彼女に彼は、「あなたも買って来れば!?」と、一言。彼女は「私、今は欲しくありませんので」と、答えてしまったけれど、惨めで涙が出たって。

彼女たちにとっては、出会いはこんなにも難しいことなのです。でも、どうして他の皆さんはすんなりと結婚できるのでしょうか。彼女たちのこんな女心も、世間一般から見たら「高望み」ということにでもなるのでしょうか？　それとも私そのものが結婚不適格女性だから、彼女たちに悪影響を与えてしまっているのでしょうか。私のほうが焦ってしまいます。

彼女たちは、「結婚そのものが人生の目標のすべてではないのだから、焦っても仕方がない。よい出会いを待つわ」と、淡々としておりますが……。

お見合い話あれこれ　その二

暮れも押し迫ったある年の、十二月二十五日のことです。学校教師のK子さんは、またもお見合いを致しました。お相手は同僚が紹介してくださった方で、お寺のご住職です。その同僚は、「義理がある人なのよ～、一度会うだけでいいからお見合いして！」と頼んできたそうです。まったく信仰心のない方との結婚は無理と感じていた彼女です。今回は僧侶ということで、お話が弾むかもしれないと少し期待したそうです。

その翌日から、お嫁にいけない代表格である、『自称筑波三女神』の廸恵、K子、O子は、宗像大社（玄界灘）と厳島神社（広島県宮島）参拝の旅の予定でした。

当然話題はそのこととなり、何を目的の旅かと質問された彼女は、宗像三女神（両神社のご祭神）参拝の旨をお話ししたそうです。するとお相手は、「日本人は、仏壇のご先祖様を拝んでいればよいのです」と決めつけてきたのだとか。

「あ～今回もだめだわ～」と心の中で感じ取った彼女は、遠慮なく、自分の信仰心の有り様をはっきり主張してしまったそうです。「近い先祖をご先祖様として、遠い祖先を神様として敬う心、そんな日本人の心を大切にしていきたい」と。

「因縁因果の法則」や「輪廻転生」という話題にも触れてみると、「それって何ですか?」と、お相手の僧侶は真顔だったとか……???　そして、こうもおっしゃったそうです。

「そんなものありませんよ。お釈迦様は人間にはみな平等に与えてくださっているのです。因果や死後なんてありません!」

十八歳の時から高野山で修行してきた自分である、と自信たっぷりに彼女の信仰心の有り様を否定したそうです。

「因縁因果や輪廻転生を知らない僧侶なんていうんでしょうか?」と、K子さんは私に疑問をぶつけてきましたが、私も返答に窮しました。その他にア然としたのは、「先祖供養とかご祈祷とか、女の人って弱いからそういうものにすがるんですよね」と言われたことなのだそうです。

また、私たちはほとんど肉食をしないのですが、そのことを知ったお相手は次のように驚きを表したそうです。

「えっ!　お肉食べないんですか!?　それって、結婚相手にも強制するんですか?」

「(強制するなんて一言も言ってませんが)でも、お寺でも精進料理とかってあるんでしょう?」

「そんなもの～っ、今時そんなことを言ってたら生きていけませんよ～っ!」

（でも私たちはこうしてちゃんと生きておりますが……）

とにかくハンサムで、背も高く容姿抜群、頭も良さそうな男性でしたって。でもバツイチとのこと。理由を正直に次のように教えてくださったそうです。

「結婚したら話が全部違っていた、つまり騙されたんです。三カ月で別れました。百パーセント相手が悪かったことです。私には問題はありませんでしたからご安心ください」

　まあＫ子さんとこの僧侶、二人の交際は、どちらが良いとか悪いとかの次元ではなく、あまりの価値観の相違ということで無理でしょう。顚末を聞いて私も納得してしまいました。Ｋ子さんのお母さんなど、あまりに縁遠い娘に呆れ果てたのか、「お説教は坊さんの仕事だろうに、坊さんに説教してくるバカ者いるか！」ですって。

　僧侶でもさまざまなんですね。私は人の悩みを聴くという仕事柄、一体今の僧侶ってどうなっているのだろうと、思わされることがたびたびですが、それでも今回のお話には驚きました。でも、こんな次元で驚いていてはいけません。この話には後日談があるのです。

　Ｙ子さんの家は、この僧侶の○○寺と同じ町です。事の顚末を聞いたＹ子さんは、突然声を張り上げました。

「紬恵先生！　そのお寺ってあのお寺ですよ！」

Y子さんは九歳の時、十二歳のお姉さんと二人で道路を歩いていると、ダンプカーが運転を誤り道路側の自販機に激突しました。そしてその自販機が倒れ、お姉さんが下敷きになって即死されてしまいました。Y子さんの目の前での出来事でした。

彼女は思春期頃から、現代科学では割り切れない、いろいろな心霊現象に苦しむことになり、私の相談室を訪ねてきたのでした。ほどなく、問題は次々と解決していったのですが、最後にどうしても解決しない心霊現象が一つだけ残りました。私は何度も運命鑑定をしてみましたが、その原因は「位牌」と出るのです。状況を伺って私の持てる力すべてで判断し、打つ手を助言しましたが、この時ばかりは解決に至りませんでした。

困り果てた私は、彼女のお母さんにも来ていただいて事情を説明し、仏壇の位牌を全部持ってM寺に上がり、何が原因かみていただくことを提案しました。理解されたお母さんは私の提案を快諾してくださいました。

M寺院主の御上人様は、十二歳で亡くなったお姉さんの位牌を手に、しばらく首を傾げておられました。

「どうして十二歳の子供に、『○○院○○大姉』の最高の戒名をお付けになったのですか？子供に付ける戒名じゃありませんがね――」

聞くところによると、おばあちゃまがあまりの孫娘の不憫《ふびん》さに、「お金はいくらでも出すから、せめて最高の戒名を付けてやってほしい」と、泣いてお頼みしたそうです。そしていただいた戒名なのだそうです。御上人様は「お若い僧侶なのだろうか？」と呟《つぶや》かれましたが、現在七十歳を過ぎている方とのことです。

あの世にはあの世のルールがあり、何でも形だけ立派にすればよいというものではないのだという、もっともな助言でした。専門的な対処をしていただくと、いつの間にかY子さんの困った心霊現象はすっかり消えてしまいました。

それにしても驚きました。本来ならたとえ頼まれても、それは素人の考えであって、専門的立場からみたら間違っていると指導すべきでしょうのに。お金のためなら何でも引き受けてしまうのでしょうか。それとも、僧侶として常識であると思える戒名の知識すらお持ちでなかったのでしょうか。どちらにしても、いろいろな僧侶がいるものなのですね。

以上、お話がまわりくどくなってしまいましたが、つまり、その戒名を付けてくれた僧侶の息子さんが、K子さんの今回のお見合い相手の僧侶だった、というわけです。これで、「因縁因果って何ですか？」などの数々のア然!!の謎が解けたわけです。この父親にして、この息子ありですよね。

あ〜こわっ！　こんなお坊さんのお世話にならなきゃいけないんじゃ、寿命がきてもウッカリあの世に逝けないじゃないですか！　まっ、私は信頼のおけるM寺に、もう墓も買い求めて準備していますから安心ですけれど……。

それに私、フッと思いました。因縁因果も輪廻転生も知らず、あの世の存在も否定している、死んだらすべて終わりというういわゆる唯物論者、その上、今流行りの平等論、人権論者の僧侶が、無いという死後に対して戒名を授けたり、お経を上げてお金をもらっている……、これって何か変ではありませんか？　もしかして「詐欺罪」にあたるのではないでしょうか。とても矛盾していると思うのですが……。それにしても、世の中って本当に狭いんですね、怖いくらいです。

K子さんはその後、一人呟いておりました。

「尊敬できる生き方をされている日本男児に嫁いで、女として尽くしたい……。そんな方を神様に見つけていただいて、自然な形で出会わせていただけるまで待つわ。こんなにお見合いばかりしていたら、趣味の欄に「お見合い」って記さなきゃならなくなりそう〜。なので、しばらく休止するわ」

やっぱり何事にも整う時期があるのです。私がずっと悩んでいた従業員の件も、お陰様で最近やっと波調の合う人に来ていただくことができました。一目お会いして、「神様が見つけてくださった人はこの人だ！」って感じました。最初の直感どおり、私と息も合い、本当によくやってくれています。今まで苦労した甲斐も、待っていた甲斐もありました。人との出会いは、皆共通するものだと思います。自分を磨く努力をして、打つ手は打って、後は整うその時期を待つ、です。

K子さんのお見合い休止、私も賛成しました。

お金

「某市民運動団体会長ら告発」という事件が報道されました。「寄付金一千万円着服の疑いで」というものでしたが、私はほとんどテレビを見ない人間ですので、その後どうなっているのか気掛かりです。政治家のお金のトラブルであるなら、「またか」と済ませますが、私も一時はその団体のメンバーでしたので、無関心ではいられません。ただし、当然お互いに言い分があるのでしょうから、ここでは内容は論じないことにします。しかし公の立場に立つ者として、金銭の扱いには十分な注意が必要だったのではないでしょうか。残念です。

誤解されないように、誤解させないように、潔癖すぎるくらいでちょうどよいと思います。理由の説明など必要ない、基本中の基本であるはずです。ところが、意外にもそのことを実践されない現代人が多いようです。思い上がりの心か、目先の欲に目がくらむのか、私には理解しかねます。昔の人は、特に男子には、「人生は金と女でつまずく」と諭したといいます。

私の半生は、苦難の連続でありましたから、自分にも子供にも言い聞かせ続けました。

「ずるいのは論外、どんなに貧しくても、卑しくなってはダメ。特にお金では、人様から誤解を受けないように、いつもきれいに」と。お陰様で、今は物にもお金にも不足を思うことなく暮らさせていただけるようになりました。

人生苦難の時は大変です。しかしそれよりもむしろ、運勢が上昇気流に乗り出した時に、本性をみせてしまうものであるようです。品性が問われる場面なのだと思います。人を批判するのは簡単ですが、自分もその立場に立たされた時、果たしてどうでしょうか。同じことをしてしまう可能性がありやしないでしょうか。不遇にはよく耐えてくることのできた人が、成功してお金を自由に扱える立場に立つと、そのお金で足元をすくわれ、取り返しのつかないことになってしまう実例をみせられます。有頂天になってしまうのでしょうか。「晩節を汚す」というものなども、お金がらみが多いようです。

お金そのものは単なる物質でしかありませんが、扱い方によって、その人の品格そのものが反映されるのですから恐ろしいのです。お金で試される、まさにお金は魔物です。いつでも誰に対してでも、おごることなく身を慎んでいけるよう、心して生きていきたいと思います。

ですが、世間では誤解ということが日常茶飯事であります。この悪意に満ちた世では、私はすべての人に理解されることなど、たとえどのように努力しても不可能であると思うので、それは望みません。しかし、「天に恥じない」という心掛けだけは、絶対に忘れないでいこうと誓っています。また、人様から支持していただけるような徳力を養っていければと、常々願っております。

某市民運動団体の問題によって、以上のことを改めて認識させられました。彼らの問題が単なる誤解からのものであってほしいと念じています。

国際アカデミー賞

人間がお金の次に欲しくなるもの、それは地位名誉、そして最後に家柄、といつか聞いたことがあります。

八十歳近い知人の元校長先生が、○○会から立派な賞をいただいた、と連絡をくださったのは、二年前くらいでしょうか。地方紙にも写真入りで大きく紹介されました。「吉田さんにも喜んでもらいたい」とのことばに、心からお祝い申し上げました。

その後しばらくすると、私にも一通の封筒が届きました。○○会からです。

「あなたが国際アカデミー賞に推選されたので、詳細を打ち合わせたい」とあります。なぜ私に国際アカデミー賞なの、と目が点になりましたが、すぐにピンときたのです。これってビジネスなのだ、一体いくらだというのでしょう。

担当という方に電話をしてみました。

「お手紙の内容がよく飲み込めませんが。費用がいるのではと思うのですが、おいくらなのですか」

「そんなことは申しておりません」

「あっ、それは失礼致しました」

都合のよい時にお出かけくださいとのことなので、ついでの折りに興味半分で訪ねてみました。銀座の事務所のドアを開けると、「まあ〜っ、吉田先生お待ち致しておりました」と、職員が一斉にこちらを向きます。私はちょっと白けてしまいました。

担当の方の話は、田舎の片隅で、細々とカウンセリングなどやっている私に、社会への権威付けのためには、こういう賞も必要でしょうということでした。元皇族のお名前を冠しての賞で、結局、百万円とのことでした。

欲しいと言わない私に、お金がないなら、用意出来てからでもよいと、とても親切です。元校長先生が、私のことをいろいろと伝えてくださっている様子でした。その日は、「考えさせてください」と言って失礼し、翌日電話でお断りしました。

私には興味のない賞だけれど、こんなビジネスが成り立つ世の中ってすごいな、といたく感心してしまいました。また、あの元校長先生も百万円で買ったんだと妙に納得。それにしても、あのような大きな記事にした地方紙は、百万円で買った賞だと知っていて紹介したのでしょうか。その会のPR誌を読むと、五百万円も出して買っている方もいるらしいのです。相当もち上げられていました。

私は、見てはいけない人の心の深層を、のぞき見してしまったような罪悪感に、少しとまどっています。それに、あの元校長先生とは久しく連絡をとっておりません。向こう様も連絡してきません。

やはり、見てはいけない世界を、のぞいてしまったような気がするのです。

他の人にも儲けさせてあげる心

私たちは、各地の神社にたびたび参拝に出かけます。鳥居をくぐると身が引き締まり、皆、厳粛な面持ちになります。しかし参拝の後は、茶屋などで賑やかに食事をしたり、お土産物を物色したりして、思いきり楽しみます。

ある時、R子さんがとても有意義なことを話してくれました。

「私は祖父母や父母から、神社に参った時はその土地で食事をするなり、お土産を買うなりして必ずお金を落としてくるものだよ、と教えられましたが……」

「あら、いいこと教えてもらっていたのね。やっぱり、しっかりしたお年寄りのいる家庭で育つって、すごいことなのね」

私は感動してしまいました。私もそのようなお話を、何かの本で読んだことがあったので、大いに盛り上がりました。昔の日本人はこういう形で、報恩感謝や共存共栄の精神を実践していたのでしょう。自分が儲けることばかり、得することばかり考えている浅ましい現代人とは大違いです。

「相手にも儲けさせてあげる、潤わせてあげる、お互い様です」

その精神が、「徳を積む」ということになって、結果的には、巡り巡って自分の豊かさとなって返ってくるのです。私はそれを、とことん自分の生活で実践してみました。どんなに努力しても、いつも足元から崩されて、経済的困難に陥っていた私の半生です。私は徳が切れてしまっているからだと気付き、それからはとことん与える実践をしました。すると、必要以上に物質に執着する心がどんどん薄れていきました。そして気付くと、執着しなくても「必要な時に、必要な物が、必要なだけ、与えられる」運命の持ち主となれたのです。自分では必要だと感じたのに与えられないときは、天が今は必要ない、とおっしゃっているのだと割り切れますから、心が大変楽です。現代の唯物論者の論理からみたら、どういう理屈になるのでしょうか。私は経済理論は分かりませんが、多分非科学的と一蹴されるのでしょう。

私の相談室に来られた方で、金銭に不自由していると悩んでいる方には、次のようなことを質問してみます。

・恵まれて余裕があった時、あなたはそれに感謝しておりましたか？
・世のため人のためにと、感謝の施しができておりましたか？
・ご先祖様やご両親に、感謝の心を表してきましたか？
・自分が儲けるばかりでなく、時には人様のことも潤わせてあげる、お互い様、という精神を持ったことがありましたか？

ほとんどの方が、「自分のことだけ考えて生きてきました」とおっしゃいます。でも気付くことができれば、後は大丈夫、心から徳積みの実践ができるようになれます。なぜなら、人は皆幸せになりたいのですから。ただ、その幸せになれる方法を知らなかっただけなのです。

幸せは、「憲法が保障してくれていて、国家が与えてくれる権利」ではないのです。「与えよ　さらば与えられん」、幸せとは自分が人に与えた後、得られるものなのです。そんな生き方を、日々実践している当所の会員たちは、物質への、必要以上の執着など持ちません。それでも心満たされ、いつも大らかで瞳をキラキラ輝かせております。結局は、かつての神ながらの日本人の生き方に、幸せになるための多くの方法が隠されているようです。

5

社会常識の転換

大いなる存在の前に謙虚であること　その一

何かと騒々しいこの世ではありますが、この度またまた、私にもびっくりの事件がもたらされたのでした。それは、雑誌『正論』の記事が原因でした。平成十八年二月号最後のページ「編集室で」に、「**～宇佐八幡宮の神託は道境を天皇にするな、でした。～この神託は清麻呂らのつくりごとでした。～**」とあったのです。

（奈良の世、女帝であられた称徳天皇は、寵愛する弓削道鏡に皇位を譲ろうとした。しかし、和気清麻呂が宇佐八幡宮で、「道鏡を天皇にしてはならない」という神託を受け危うく国難を逃れた、あの事件であります。）

驚いた私は、同誌編集長（その後交替しています）に電話をしてみたのです。「つくりごとだったという資料があるのですか？」と質問しますと、「神託があったという確かな証拠がない。だからつくりごとだと判断して書いた」というお答えでした。

あー、何という暴論!!

私は神からのメッセージを、実際に受けることができるのを信じている人間です（もちろん、偽者も存在したのは事実でありましょうが）。しかしそのようなものは、目に見える形で証拠を示せといわれても、難しいものです。もともと見えない世界のものであるからです。

編集長は私の質問に対して、「他からも何件かの問い合わせがあった。表現の仕方が悪かったですね」とも答えられていましたが、私にしてみれば、単に表現の仕方の次元のことではないのです。その根底にある、神託を下せる神の存在など、端から信じていないらしいその姿勢、その上、「証拠がないからつくりごとだ」と言い切ってしまうこの傲慢さ。そのような姿勢が私には理解できないのです。

信じ切れるものかどうかは別としても、また、自分には確信できる体験がなくとも、「今の自分の理解を越えた存在もあるのかもしれない」という、受けとめ方くらいは必要なのではないでしょうか。大いなる存在の前に、もう少し謙虚さを持ってもいいのではないでしょうか。

天地の神に祈ることを務めとされる天皇様がおられるこの国を、誇りに思う立場に立たれる保守論客に対して、（私も同じ立場ではあるのですが）何か常に根源的なところで違和感を持ってきました。が、その原因はまさに、そういう彼らの、見えざる世界に対する傲慢さにあったのだと私は最近確信を持ちました。

みてとりました。

また、同誌（同号）の櫻井よしこ氏（ジャーナリスト）の論文にも、同じようなものを

「皇室典範改正有識者会議はＧＨＱの再来である」の文中、**「例えば神武天皇は百二十七歳まで生きられたと言われています。医学が発達した現代においてもギネスブックにない記録であり、太古の昔にそのような長い寿命を生身の人間が生きたとは思えません。半分は神話の世界で、日本人の思いが込められたエピソードとして伝えられたものであり、日本人はそれを民族生成の物語として長く受け継いできたのです」**の件《くだり》です。

現代医学の進歩は、そこまで絶対的なものなのでしょうか。私はここにも、櫻井よしこ氏の傲慢さをみるのです。そういう立場から、太古の昔の祖先が残した日本の国造り物語を、半分は神話の世界で……（つまり作り話）と彼女は決めつけているのです。

物事をどう捉えるか、解釈するかは自由であるのですが、「もしかしたら、自分たちには理解できなくとも、現代に生きるわれわれの価値基準だけでは推し量れないことが、太古の昔にあったとしても、何ら不思議なことではないのではないか」くらいの謙虚な立場をとれないものなのでしょうか。随分古えの人々を冒瀆している考え方であると感じるのは、私だけではないと思うのですが……。

さらにまた、こんなことも体験したのです。『大義・杉本五郎中佐遺著』という書を、私

は読ませていただきました。大変格調高い感動的書です。しかし、少しばかりですが、記紀以前の古代史（超古代史という）の研究に取り組んでいる私には、何か物足りなく感じられたのです。何がそう思わせたのでしょうか。なぜ天皇様が尊いのか、なぜわれわれは天皇信仰でなければならないのか、その根本的理論の深みが足りないのです。超古代史の存在を知ったなら、その理解がより深まるであろうにと私は残念に思い、『大義』を紹介してくださった方に、この話をしてみました。

「知ってはいるけれど、そんな、偽書と位置づけられているものを扱ったら、現代の言論界からは相手にされない。だから、そんなものには関わらない」とのことでした。

学問や研究は本来、自分の地位や名誉を得ることを目的にするものなのでしょうか。私は世界中の人が何と言おうと、自分の名誉がどうであろうと、真実を求めていく道が学問だと思っていますし、実践もしてきたつもりです。

結局、世の有り様を批判してみても、「真正保守」と偉ぶってみても、本音は地位や名誉にあるのだろうかと疑わざるをえないのです。本心では神の実在など理解せず、また信じてなどいないにも関わらず、「神の国」などといっている保守派論客の大方の人々の本質を、私はそこに見るのです。それは偽善というものではないのでしょうか。雑誌『正論』の元編集長やジャーナリストの櫻井よしこ氏、『大義』のとある研究者は、あくまでも一例に過ぎないのであって、それは多くの現代人に共通する姿勢であると思われます。右だ左だ、真正保守だ左翼だと言ってみても、結局は同じ唯物論的物の見方（科学万能）の上に立って論じているに過ぎないように、私には思えてならないのです。だから、何をやっても対症療法にしかならず、まるでモグラたたき状態なのです。

私は二十代の頃から、「人類の歴史の真実をお教えください」と神に祈り続けてきました。そして四十代後半になって、やっと確信を深めることができたのが、超古代史の存在です。それは目に見える形で証明できるものではなく、魂に響いてきた、まさに「神からのメッセージ」としかいいようのないものによってでした。

竹内文献で有名な皇祖皇太神宮（北茨城市磯原）には、毎月参拝し、そこでも真実なるものの導きを祈り続けました。そしてその後、新たに導かれたのが、松戸の古代神道一神宮でした。管長の二十数巻のご著書を、十日間で読破した後、神宮にも参拝させていただきました。『不思議な記録』というその書物には、管長が神通力でご覧になった、超古代史の存在も綴られています。古文献と照らし合わせながら、私は神に「何が真実であるのかお教えください」と祈りつつ学び、研究を進めているところです。

私にとっては、何の科学的証明もできようもない分野であるのですが、理論理屈抜きに、神からのメッセージを魂で謙虚に受けとめたいと願っています。そしてその中に、現代人間の学ぶべきことを読み取り、「神様に信じられる生き方、つまり、人間が真に幸せになれる道」の道しるべとしているのです。決して、無理をしてまで他人様に理解されようとも、押しつけたいとも思いません。また、そのような私を他人様がどう判断しようとも、私は頓着しません。

ただ、超古代史の世界の存在を認識できたことによって、私は天皇（すめらみこと）の何たるか、そして人間はどう生きるべきかということに確信を持てるようになったのです。そして、魂の深い充足感を得ることができたのです。

大いなる存在の前に謙虚であること　その二

評論家・呉智英

オカルトで道徳教育？

筑摩書房のＰＲ誌「ちくま」四月号でジャーナリストの斎藤貴男が驚くべきレポートをしている。一部の公立小学校でオカルト的な道徳教育が行われているらしい。

二〇〇二年夏、京都市教育委員会などが主催する「第七回京都市道徳教育研究大会」で市立小学校の教諭が奇怪な発表をした。江本勝『水からの伝言』という一種のオカルト本を教材に使って、きれいな言葉を使おうというのだ。この本は、良い言葉を掛けて水を氷らせると、水はそれに反応して美しく結晶するが、悪い言葉を掛けると、美しい結晶にならない、という科学的実験結果？を報告したものだ。もちろん、この科学的実験？は、その後いかなる科学者も追験をしていない。

恐ろしい教育がなされているものである。それにしても、私が不思議に思うのは、保守系のジャーナリズムがこうしたオカルト教育・オカルト文化に寛容であり、むしろしばしばそれを助長していることである。保守系の新聞・雑誌を検証してみると、こうしたオカルト的論者に紙面提供していることが多い。

左翼的な言論機関や教育団体が歴史教育を歪めたとして、これを批判・是正する動きが本紙を中心に報じられてきた。確かに、慰安婦問題や南京事件など、無根拠の誇大な数字が独り歩きしてきた。しかし、それなら、オカルトによる教育汚染も批判しなければなるまい。左翼思想が日本を滅茶苦茶にしたと言いたいのなら、十一年前に日本中を恐怖させたオウム事件を準備したのは誰だったのかも、よく考えるべきではないか。

（産経新聞『断』欄　平成十八年四月八日）

以上の記事が産経新聞『断』欄に掲載されていました。

ここに記されている江本勝著『水からの伝言』（波動教育社出版）は、私も大分以前から愛読していますし、私の主宰する「幸せになるための生き方セミナー」や「家庭教育セミナー」でもたびたび紹介しています。いや、『水からの伝言』どころか、私はいわゆる、まだ科学的根拠が証明されていない事柄を信じたり、指導に使ったりを大いにしています。ですから、世間からは相当な「オカルトカウンセラー」との烙印を押されているに違いありません。

評論家・呉氏からみたらそんな私は、さしずめ奇怪なオカルト論者の最たる人間ということにでもなるでしょうか。産経新聞教育欄で『日本古来の思想で子育てのセミナー』と紹介された時（平成十七年五月）も、「産経といえども、よくあなたを取り上げましたネー」という驚きの声を聞いたものです。

しかしどうなのでしょうか。この記事で呉氏は『水からの伝言』を最初から非科学的、オカルト、と決めてかかっています。どう判断するかは自由としても、「もちろん、この科学実験？は、その後いかなる科学者も追験をしていない」と言っている点、これは矛盾しているのではないでしょうか。

他の科学者が追験をした結果、再現性が得られなかった――だから科学的とは認められない、とでもいうのならまだ理解できます。しかし、誰も追験していないのであるなら何とも言えないのではないでしょうか。もしかしたら、再現性が確認できるかもしれないのです。もしそうであった時、呉氏は何と言い訳するのでしょうか。

自分が理解できない世界を、何でもオカルトと決めつけてしまう偏見の心の持ち主、と私には映ります。ましてや、あの感動的な『水からの伝言』を、恐ろしい教育とか、オウム事件と同じ次元のものと決めつけている独断と偏見に、私は非常に不快感を持つのです。

私は決して考え方を押しつけるものではありません。人それぞれの考えは自由でいいと思っています。なぜなら、自由である代わりに、その結果はすべて自己責任、良くも悪くも各自に覆い被さってくるものだという信念の持ち主であるからです。やがて、行いの結果は自らに被さるのであるから、何も私ごときが押しつけることなど必要ないのです。私が伝えたい相手は、幸福を望みながらその方法を知らず、苦しんでいる方々であり、そういう方に伝われればそれでいいのです。

さて、運命学的にみると、あらゆる不幸不運は、「矛盾のある生き方から生まれる」のです。左翼的思想人はもちろんですが、この呉氏に限らず保守言論人の言動や行動も、観察していると随分矛盾している点が見受けられるのです。

『大いなる存在の前に謙虚であること　その一』を発表すると、雑誌『正論』編集長の、宇佐八幡宮ご神託の件に関しては、共鳴したという多くの声をちょうだいしました。しかし櫻井よしこ氏、また、とある『大義』研究者の矛盾点についてはよく理解できない、という感想を何件かちょうだいしたのです。それは、歴史をどうとらえるかの問題であり、保守言論界が問題視し取り上げている、「近現代史」次元でのそれを言うのではありません。この日本の、地球の、人類の歴史の始まり、という次元での認識の問題なのです。

人間はサルから進化したというダーウィン説を信じ切っている人には、想像もできないでしょうが、いわゆる、古史古伝と言われるもの、つまり記紀以前の歴史について記された書の類が紛れもなく存在しています。古代人が、われわれ現代人に比べてはるかに原始的であった、現代の科学が絶対なのだと決めてかかる今の社会の有り様……、それを信じて止まない人々の何と多いことでしょうか。櫻井よしこ氏の発言はその一例として取り上げたまでです。

「神武天皇は百二十七歳まで生きられたといわれているが、医学が発達した現代においても、ギネスブックに無い記録――だから、太古の昔にそのようなことがあったとは思えない」と、櫻井氏は決めつけるのです。

しかし、太古のことはこの目で確認することなどできません。もしかしたら、現代に生きるわれわれの価値基準など通用しない次元の世界だったかもしれませんし、ましてや、現代でも百二十七歳近くまで生きた例は少なからずあります。端から非科学的と決めてかかる櫻井氏の論理には矛盾があり、現代人特有の傲慢さと言えやしないかと投げかけたのです。

とある『大義』研究者に対してあげた矛盾点は、次のようなものです。

私はいわゆる記紀以前の歴史、つまり超古代史の存在、それを裏付ける古史古伝の存在を否定することを、批判しているのではありません。その研究者が、超古代史の研究をしてみた上での論が「そういうものはバカげている、信頼に足り得るものではない」、というのであるなら何の問題もありません。そこに矛盾はないからです。

だが、その研究者は「現代の主流を成す学派から、偽書扱いされているものを取り上げたら、言論界からは相手にされない。だから自分は関わらないのだ」という論理であったのです。そういう姿勢を、私は「学者」としてとらえた時、矛盾ありとします。真の学問は、あくまでも真実の追究であり、名誉名声の追求ではないはずだと信じるからです。大体においてそのようなものは、金銭と同じで後から付いてくるものなのです。

また「小異を捨てて大同につく」という考え方がありますが、常に私がこだわってきたのはこの考え方です。そうでなければ、やはり大きく世を動かすのは難しいとの思いから、保守派との関わりをもってきたのです。

しかし、最近の私は大きく揺らいでいます。今まで「小異」ととらえてきたことが、果たして本当に小異であるのかという疑問を持ち始めてしまったのです。小異に見えて、実は「大異」であるのではないかという疑いです。たとえ方法論が似たようなものであっても、大いなる存在の前に謙虚であるという姿勢がなければ、それは「似て非なるもの」となってしまうのではないでしょうか。「大異を捨てて小同につく」になってしまうのではないでしょうか。

左派を批判し、右派だと威張ってみても、大いなる存在の前に平伏すほどの心がなければ、いわゆる「五十歩百歩」であります。唯物主義という同じ土俵の上に立って、右だ左だとやっているにすぎないのではないでしょうか。

そういう矛盾ある次元からでは、どんなに現代社会の難問に立ち向かっても、解決の糸口すらつかめないのです。根本療法には程遠く、所詮、対症療法にしかなりえません。そんな確信が深まりつつある今日この頃です。

もっと根深い自虐史観『ダーウィンの進化論』

現在世界には「万物の誕生と進化に関する理論」が、大別して三種類あるようです。その一つは『ダーウィンの進化論』であり、人間は猿から進化したというおなじみの説で、これは、ダーウィンが一八五九年に発表した「種の起源」に基づくものです。しかし、西欧キリスト教文化圏では、聖書に基づく『神による創造論』を信じる勢力も非常に強いのです。

その他に、二十数年前からは『インテリジェントデザイン（ＩＤ）論』というのが、勢力を増してきているそうです。これは、「万物の誕生と進化は、未知の英知の力と設計によって生まれた」とされる、二十世紀初頭から提唱されている理論です。私には「神」という表現を「未知の英知の力」と言い変えただけのものに思えるのですが、つまり人間のデザイナーである未知の英知の力が何者かについてなどは、問わないのが科学の世界であるとのことです。

わが国では、『ダーウィンの進化論』一辺倒で教えられ、人間の祖先は猿だと信じてやまない人が大方です。しかし人間は、本当に猿から進化した存在なのでしょうか。私は、「人間は最初から人間として造られた存在なのだ」と信じて生きている者であり、『吉田廸恵人間理學』の土台は、この古代神道の教えにあります。

『神代の時代、この世を拵《こしら》えた神様が人間を拵えて、多くの神様方が人間の姿をした人格神となって、自ら、「人間として生きていく道」を人間に教えてくれた。神様でありながら、人間の手本となって通られた此の道を、「神ながらの道」という。

太古の昔、神様と人間は共に暮らした時があった。神様は現人神、人格神として、神様でありながら、人間の姿をしてこの世に現れ、人間を導いてくださった。

神様でありながら神様を祀って、神様に対する礼儀作法やお祓いのことなど、また、人間として生活する方法、家を治める方法、国を治める方法などを教えてくださったのだ。

そして、人間が成長するのを見て、神様はやがて御身を隠された、隠れ身となられたのだ。本来の天皇《すめらみこと》は、この世を拵え、人間を拵えた神様の子孫である』

以上の教えは、主に、古代神道一神宮管長、浅見宗平先生のご著書『不思議な記録』から学んだものです。ちなみに、神代の時代とは、浅見先生の神通力によれば、今より約三千万年前とのことです。

私の信仰生活への入り口は、谷口雅春先生の教えでした。谷口先生も「人間神の子」の教えを説かれていますが、歴史観は古事記日本書紀に基づいたものです。

しかし、たびたび記していますが、『不思議な記録』は記紀以前に存在した古代史に基づいた『神ながらの道』の教えです。別に私は特定宗教の信者ではありませんが、これはと思う教えを幅広く学び、私なりの徹底した信仰実践によって、魂でつかんだ確信です。神からいただいたメッセージなのです。だから他人様にどう批判されても、いかんともしがたいのであります。

人類の悲劇は、このおおもとの神様の存在を忘れてしまったことから始まっているように思います。学界ではタブー視されている、記紀以前の文明の存在の可能性は、最新の考古学的研究によって徐々に裏付けが進んでいます。原始的で何の文明も持たなかったといわれている縄文人が、実は高度な文明を持っていたらしい証拠が、数多くの遺跡の発掘などによって証明されつつあります。

また日本では、漢字以前には文字がなかったと教えられていますが、神代文字の存在は紛れもない事実として、証拠が数多く現存します（私も古い神社等で見ています）。ただ、現在の学界がそれらに目を瞑《つむ》り、認めようとしないだけなのです。

本当に縄文人は原始的で何の文明も持っていなかったのでしょうか。否、最初から持たなかったのではなく、大天変地変などによって、以前の高度な文明を失ってしまっただけなのだと考えられます。その時点だけをとらえて、まったく原始人扱いの歴史観は、祖先を冒瀆する以外の何ものでもなく、まさに自虐史観といえます。

先の戦争で負け、東京裁判で受けた屈辱、その結果植えつけられた「日本人の祖先は悪い残虐なことばかりしてきた」という自虐史観だけが、自虐史観なのではありません。祖先は猿だという、人間として何の誇りも持ち得ない歴史観こそ、もっと根深い自虐史観といえるのではないでしょうか。猿から進化したと教えられて約六十年、すでに三代を経た日本人が、その説どおりにどんどん獣化しているのは、言葉の実現力により、当然の結果が出ているまでなのです。この国は、右も左も保守も革新も皆、この屈辱的な『ダーウィンの進化論』をもとに、人間というものを論じています。宗教家だって危ないのです。

唯物論者は何でも証拠主義です。しかし証拠をあげられずとも、厳然として存在する事実もあります。猿から進化したという論も、確かな証拠など挙げられてはいないのではないでしょうか。「〇〇原人」等といっても、果たしてそれが、間違いなく人類の祖先であると言い切れるのでしょうか。「〇〇原人」と、後の世の人が名付けた存在があったのは事実としても、それが本当に、人類の祖先と言えるのかどうか。「〇〇原人」と名付けられた存在は、あくまで「〇〇原人という動物の種」であっただけともいえるのではないでしょうか。このように矛盾だらけで、筋道が通らない理論なのです。

人間は最初から人間であり、まさに神の子なのです。この人類史の根本が理解できない限り、真の人間教育など不可能でありましょう。『ダーウィンの進化論』をもってして人間の何たるかを指導してきた、戦後の学界の責任は重いのです。未曾有の人類危機の今、「真の人類史」が早急に明らかにされることを、私は強く望んでいます。何が真実なのか、現代人が信じているものの正体を見極めなければ、人類は生き残れないところまで来ているように思います。しかし、地位ある学者様方にそれを期待するのは、無理というものでしょう。すでに受けている評価、得た地位名誉、それらすべてを捨ててこの時代の一般常識に歯向かい、一から新たな真理を追究する勇気を持つ人など、皆無に等しいでしょう。

その点、私など実に気楽なものです。地位も名誉も失うものは何もありません。もともと何も持たないのですから……。このように何の執着心も持つ必要のない身軽な人間でなければ、その時代の一般常識に歯向かうことなど、土台無理なことでしょう。ガリレオ・ガリレイの地動説でも、世に受け入れられるのに二百年を要したというではないですか。

しかし真実が明らかにされる時は、必ず来るのです。なぜならそれは、「宇宙の法則」そのものであり、天の力を得ることができるからです。

取り越し苦労から解放されるために

心配は、心配すべきことが起こった時にすればよい——誰でも理屈では解っていることです。しかし、現実にはままならず、取り越し苦労ばかりしてしまうのが人間の性（さが）というものでしょうか。心配すれば、その念が現実に心配する状態を呼び寄せてしまうことになるのですから、大変です。

強運の持ち主になるためには、この取り越し苦労から解放されるということが、とても大切になってきます。では、どうしたらよいのでしょうか。

第一に、心配の念とは別に、何か計画を立てるときは、望まない結果になった時にどう対処するかの計画も立てて、心の準備をしておくことです。これは、マイナス思考とは違うものです。いわゆる「覚悟」です。そうすると人は逆に安心できるものです。

第二に、この地上のすべてのもの、出来事には無駄はないのだ、偶然はないのだ、つまり意味があるのだと知り、受け入れることです。あらゆる物事には、必ず陰と陽の両面があります。どんなに無駄と思えることでも、そこには必ず「学び」という重大な意義があります。失敗の経験そのものが必要なときもあります。それが人生というものではないでしょうか。

なぜこの経験をしなければならないのか理解できないときは、愚痴をこぼすのではなく、次のように祈ってみましょう。

「この経験を通して、天は私に何を気付けとおっしゃっているのですか。どうか教えてください」

このように、気付けるまで祈ってみます。必ず何らかの方法で答えは得られます。そのメッセージに従って対処すればよいのです。そして学び終えれば卒業となり、おのずと環境は改善するはずですが、現代の一般常識の世界に生きている人は、以上のような根本対処をせず、辛い状況から逃げようとばかりするようです。しかし逃げても逃げても、逃げた先にまた、同じような問題が待ち受けてくれているものです。

第三に、取り越し苦労をしないために大切なこととして、結果は大いなる存在にまかせるということが挙げられます。あなたの願いそのものが、大いなる存在からみたら、間違い、不幸の元かもしれないでしょう。

「私のこの願いが天の御意（みこころ）であるならば、どうか叶えてください」

そう念じ、いただいた結果を素直に受け入れる心が大切です。

また、現代人は何事も答えを急ぎ過ぎるようです。今すぐ気付けなくても、しばらくしてから「あっ、そうだったのか」と気付けることもあるではないですか。少し待ってみましょう。

取り越し苦労をしないために私が挙げたい四点目は、個人的なレベルの願望ばかりでなく、人のため、社会のため、国のため——という崇高な使命感を持って生きるということです。その願いが真なるものになってはじめて、大いなるものの存在が身近に感じられるようになってくるのです。

そして最後に、次の大切な点を挙げたいと思います。

「人は死を習うてのち、事にあたるべし」

死を常に身近に置き、死を仲間として、人間の覚悟が生まれるという意の、日蓮上人のお言葉です（**算命学高尾学館発行「神の科学」より**）。

以上のことを実践していくうちに、自然と取り越し苦労から解放され、強運の持ち主となっていけます。心配している暇があったら実践です。その実践が何よりの自信につながります。

摂受と折伏

世直し運動に取り組んでいる人たちと交流をするたびに感ずることがあります。それは、主義主張は立派であっても、それを拡めていくための戦略戦術が弱すぎるのではないかということです。

仏教涌出仏（ゆじゅつぼん）に摂受（しょうじゅ）と折伏（しゃくふく）についての教えがあります。「摂受」とは、知恵者に順序だてて理路整然と教えて理解させる方法です。「折伏」とは、理屈は理解できなくても、「あの人が帰依したなら自分も……」と帰依させる方法です。主義主張を広めていくには、この二つの方法をとればよいわけです。

しかし現実問題として、私が交流してきた運動家の大半に、摂受のみで事を成そうとしていやしないだろうかという感を、私は強く抱くのです。でも世の中は、摂受のみでいける相手（知恵者）ばかりではないでしょう。むしろ、大衆運動は圧倒的多数の烏合の衆を巻き込んでいかなければ成しとげられるものではありません。そのためには折伏という方法が重要になってきます。

ではどうしたら折伏ができるのでしょうか。「あの人が言うことなら……」と振り向かせるには、ふだんの人間力、徳力が重要なのです。それは人を感服させることのできる真の実力です。当然、その力は天からの信頼も得られるものとなります。ちなみに、某宗教団体が盛んに行っている折伏が、天からの信頼を得られる真の折伏かどうかは、私には確信が持てません（念のため）。

人間を分類する方法は数多くありますが、その一つに、「才人」と「徳人」という分け方があります。「才人」とは、専門能力に優れた人のことであり、「徳人」とはまさに人徳の人で、人を束ねていける人、人が付いてくる人のことです。才人にできるのは摂受のみ、しかし徳人であるならば、摂受のみでなく折伏で人を束ねていくことができるのです。そして、最初は「なんだかよくわからないけれど、この人なら……」と付いてくる人を、徐々に理解させてあげるのです。

一見地道で遠まわりのようですが、そこに絶対的大衆運動の成功条件があると私は考えます。

〈人間の能力の分類〉

一、理論の指導ができる才力

一、人の心をつかんで人を動かしていける徳力

一、運動資金の提供ができる財力

運動を成功に導くには、以上のどれもが必要であり、どの方法が、どの人がエライというものではないはずです。エライといえば皆エライのであり、役割分担という次元のことです。この三本柱がしっかり立って、お互いが敬意を表わし合えてはじめて、大衆の心をつかむことができ、真の世直しが実現できるのではないでしょうか。

母体保護法改正の重要性

「何と身勝手な現代人！」と、こみ上げてくる怒りを抑えつつ日々を過ごしているのは、決して私だけではないだろうと思います。具体例を挙げたらきりがないのですが、私は身勝手きわまりない現代社会の最たるものとして、『母体保護法（優生保護法）』をあげます。

今、日本では、国をあげて少子化対策を叫んでいます。しかしその一方で、三十数万件もの堕胎が行われているのです。実数はその三倍ともいわれ、それは年間出生数に匹敵する数なのです。これほどの矛盾があるのでしょうか。

私は最近、子供たちの持つ胎内記憶を紹介した書物（池川明著『おぼえているよ。ママのおなかにいたときのこと』リヨン社）を読みました。赤ちゃんは母の胎内で、早くから外界のいろいろなことをキャッチしているというのです。そのことは私も以前から学んで知っていましたが、この本には具体例がたくさん記されていて、とても感動的でした。

フェミニストたちがどれだけ理論理屈を並べて、人工妊娠中絶を女性の権利と主張しようとも、それがどれほど自然界への冒瀆であり、身勝手そのものであるか、もう論を待つ必要はありません。胎児は独立した生命であることが、すでにあらゆる角度から証明されているのです。

堕胎の罪については、心ある方々が戦後早くから警鐘を鳴らしていました。特に谷口雅春先生は生前、優生保護法改正を悲願とされ訴え続けられましたが、未だそれは実現していません。谷口先生は単なる倫理観からだけではなく、特に子供にその弊害がますます強く顕われてくると訴えられていました。現実に母親の母性喪失による悲劇、子供のえたいのしれない問題、また肉体的面ばかりではなく、心の病が増えているという問題など、挙げたらきりがない程です。どれだけ専門家が分析して病名を付けてみたところで、何の解決にもなっていないのが現実です。

私も、カウンセリングを通して、それらの問題への堕胎児の影響を認めざるを得ないのが現状なのです。私が今までかかわった人の中には、最高十二回もの堕胎をしていた人がいます。五〜十回という女性も結構多く、当然ながらいろいろな問題を抱えてしまっています。

私は相談の中で堕胎児の悪影響を確認した時には、まず理由がどうであれ、堕胎をしてしまった身勝手を心から気付かせ、お詫びできるように助言します。それができただけでも、抱えている問題が解決してしまうこともあります。しかし、全部がそんなに生やさしいものではありません。心でお詫びするだけではなく、お詫びの「行」を助言します。一番確実な方法は、やはり力のある専門家（僧侶）に正しい形のご供養（現代社会はいかがわしいところも多いのでご注意ください）をしていただくことです。堕胎というのは、そこまでしなければ届かないくらい罪深いことなのです。

当所では、両親によるわが子虐待なども数多く解決しています。複数の原因が重なっていることが多いのですが、まず堕胎児のご供養をするだけでも、大分症状が軽減していきます。

また、社会問題となっている若い男性のＥＤも解決しています。私は男性からの性に関する相談はお断りしているのですが、電話での問い合わせは結構多くあります。この解決例は奥様からの相談でした。

数年前、三十歳代のA子さんが随分遠方から相談に来られました。夫は結婚後まもなくＥＤになってしまい、それから四年間も、彼女は一人悩み苦しみ続けていたそうです。夫の母親が数回の堕胎をしているらしいのですが、義母はどうやらフェミニストのようで、堕胎は女の権利と思っていて、自分が堕胎したことを隠さず話していたとか。彼女は、義母に代わってその罪を詫び、ご供養もお願いし、素直に私の助言を実行し続けたのです。私のところへ相談に来ていることを夫にも話さず、すべて一人で努力しました。三年間はあきらめず努力をするようにと励ましたのですが、ちょうど三年経った頃のお盆後に、夫は健康な男性へと回復してくれたのでした。私は彼女から報告を受けた時、共に泣いて喜んだものです。若いご夫婦にしてみれば大変深刻な問題なのでした。その後、このご夫婦には子供も授かり、私にとってカウンセラー冥利に尽きる一件となりました。

その他にも、長いこと子供を授からなくて悩んでいたご夫婦が、堕胎児の供養や先祖供養をきちんとすることによって、子宝に恵まれたケースは数多くあります。非科学的だとあざ笑う唯物論者もいるのですが、何と言われようと事実は事実なのだから仕方がないのです。性を冒瀆し、生命を粗末にしてきた結果の悲劇、因果応報と考えれば、当然すぎるくらい筋の通った出来事でしょう。

望まない妊娠をしてしまった人に中絶をしてはいけないというのは、かわいそうだというのでしたら、性交渉をすれば、当然妊娠は付きものであると教えてやればよいのです。産めないのなら軽々しい行動をとらないこと、また、交渉を持つのであるなら、覚悟の上ですること、すべて自己責任なのだということを教えてやればよいのです。そして何よりも、子供はつくるものではなく、まさにご先祖様からの授かり物であるのだということを教えてやるべきなのです。

本気でもうこの国は堕胎天国の汚名を返上すべきです。でなければ、いくら少子化対策をと叫ぼうと、空しいばかりです。滑稽ですらあります。憲法改正、教育基本法改正だけでは不十分です。母体保護法改正も加えた三本柱でいかないと、現代日本立て直しの根本解決とはならないのです。

母体保護法改正が、真の世直しを目指す方々にとって、重要な柱として位置付けられる日が一日も早く来るように、私は強く念願しています。

幸せになりたいあなたへの助言

「性同一性障害」の問題が、マスコミに取り上げられるようになったのはいつの頃からでしょうか。今では戸籍性別の訂正も認められるようになりました。が、そこまで神の領域を侵して人類はどこへ行こうとしているのか？　との感を強くするのは私だけでしょうか。

当事者の苦痛には同情致します。しかし、自分が苦痛であることの責任をこのようにすべて社会に責任転嫁してしまう現代の風潮は、いかがなものでしょうか。人間が男女どちらに生まれてくるかは、まさに神の領域です。信じようと信じまいと、神の創られた自然界の法則は厳然として存在します。その法則に逆らった生き方をすれば、何者といえども因果応報という報いを受け、その苦しみの中から学ばなければならないのは当然なのです。しかし、そういったもののとらえ方を、戦後は見事に否定してしまいました。

私の相談室にも、一時「性同一性障害」の相談が何件かありました。最近の歪んだ思想の持ち主からの反撃を恐れずに言いますと、それは、性を冒瀆してきた者、家系の受けている因果応報なのです。自分は何も悪いことをしていないといっても、逃れようがないのです。この法則は、輪廻転生する魂、先祖の生き方が、過去現在未来を貫いて働くものなのですから――。

別に性同一性障害の問題ばかりではありません。人生のあらゆる事柄が、因縁因果の法則に基づいて起こっているのです。いつか米国人の書いた『原因と結果の法則』という書物の大きな広告を見ましたが、何も外国人に教えていただかなくとも、以前の日本人の多くは、それを知っていて、身を慎んで生きてきたのです。私の相談室では、実践によってその良い結果が数多く出ておりますから、確信を持って宣言致します。現代人の苦しみの多くは、神をも恐れぬようになってしまったことの結果で、自業自得というものです。しかし、神はどのような人間の罪も、誠の心で悔い改めるなら許し、正しい導きをくださるものです。

幸せになりたいあなたへの助言です。まず苦しみを背負ってしまったときは、その事を通して、自分が自然界の法則に逆らった生き方をしているのだということに気付いてください。そして神仏を通して、そのことを詫びて詫びて詫びぬく「行」をしてください。人間の本当の生きるべき道を自然の法則に学んで、実践してください。

『不思議な記録』という書物に、「神を信じる、信じないなどという次元で論じているのが現代人だが、神に信じられる人間になることです」ということが書いてありました。私は、魂が震えるような感動を覚えたのを、今でも忘れられません。

魂の未来を信じて

ある町の教育長は、私が「魂は生き通しである」ということを前提に生き方の指導をしていると知ると、途端に冷ややかになったように感じました。「私は霊の存在は信じません」とおっしゃっていました。それはご自由です。しかし、それを当然のことと、子供たちにも教えておられるのでしょうか。

人間は何のために正しく生きる努力をしなければならないのかを、一体どう教えているのでしょうか。

「死んだら無になるのなら、どうせ何をやっても同じではないのか？」

そう質問されたら、一体何と答えるのでしょうか。

数年前のM子さんと私の会話です。

「吉田先生は、人間は生き通しだと言うけれど、死んでみなければ分からないじゃないですか」

「そのとおりよね！」

「死んだら本当に何もなくなるのが事実だったとしたら、どうしてくれるのですか?」
「何もなくなるんだったらそれでいいじゃない！　心配すること何もないんじゃない?」
「……」
「でも、もし死んでも魂が生き通しだったら、その時あなたはどうするの?」
「……」

死んだら何もかもなくなるのだからという、刹那的な生き方をしてしまっていて、もし魂は生き通しであったなら、それこそ大変ではないですか?　あの世に逝ってしまってから気付いて慌てても取り返しがつかないじゃないですか。間に合わないじゃないですか。

もし死んだ後は、完全に無であるとするなら、生きている時にどんな生き方をしていても、後悔することなどあり得ません。悩む必要などありません。しかし、信じていなかったのに、霊魂の世界があったとしたら……さあ大変です。

だったら、死後に霊界があるのだという前提のもとに生きてみませんか?　もしそうでなかったとしても、何も損するものはないのですから……。

私は二十三歳の時に、人間の魂は生き通しであると信じることができるようになって、真の生きがいが持てるようになれました。生きることが楽しくなってきました。

今世での努力は来世までもつながるのです。良い生き方は良い結果となって自分に返ってくるのです。今世でやり残してしまったことがあっても、また来世にその続きをがんばれるのです。

「どうせ死んだら終わりなんでしょ！　だったらいつ死んだって同じじゃない！　何でこんな苦しみに耐えなきゃいけないの？」

数年前こう泣きわめいていたM子さんは、今では目を輝かせて、世のため人のために、お役に立てる生き方がしたいと燃えています。

今たとえ辛くても、正しい真心の生き方を貫けたら、それはあなたの魂の勲章となるのです。そして、生まれ変わってもそれはついてきてくれるのです。

さあ、あなたも魂の未来を信じて、輝いてみませんか‼

おわりに

私の文章や名前が初めて活字になったのは小学五年生の時でした。愛読していた少女雑誌に投稿して採用されたのです。暗い家庭環境が心に影を落とし、私は無口な暗い少女でした。早く大人になってこの村を出たい、他の世界をたくさん知りたいと、密かに夢を膨らませるばかりの日々でした。そんな心を満たしてくれるのは私にとって書物でした。

小学四年生のとき、担任だった先生が「吉田、お前は本をたくさん読め！」、そう指導してくださったのです。それからの私は、活字人間になりました。そして、雑誌や新聞などにも投稿することを覚えていったのです。採用していただけることが重なり、私は少女ながらも、人間として自信を付けていくことができるようになりました。そのことによって積極性や明るさが身に付いていったのです。

やがて大人になって、私は自分の人生を、いつか本にまとめて出版したい、そんな大きな夢を持つようになりました。現在の仕事が軌道に乗るようになった三、四年前から、少しずつですが随筆などを記してまいりました。そしてそのことがまた、当研究所が十周年を迎える時に、記念として出版を実現できれば、との夢に発展していきました。

しかし、名もない私には雲をつかむようなことです。「必要なことであるなら、きっと神様がふさわしい時期に整えてくださるにちがいない」、と私はいつものように委《ゆだ》ねさせていただくことにしておりました。

すると、ある日、G出版社から本を書かないかというお誘いがあったのです。遂にチャンス到来と私は確信致しました。ですが、この話はすぐに立ち消えとなりました。G社の企画は内容がかなり一般的なものであり、私の思いとはかけ離れていたのでした。

しかし私はあきらめませんでした。これは神様から与えられた、いわゆるヒントと受け止めたのです。そして勇気を出して、原稿を自ら出版社に送ってみることにしました。だめならだめでまた時期を待てばよい、とおおらかに構えることに致しました。数社に挑戦しましたが、そのうちの二社から出版しましょうというお返事を頂くことができました。私は神様のお導きをお願いするために願掛け参りもし、その上で湧き上がってきた内なる声に従って、「たま出版」様に、長い間の夢の実現を託すことに致しました。

こうして出来上がったのが、この『ほんとうのあなたを生きるために』です。夢に描いたとおりの十周年のお祝いが見事にプレゼントされたのでした。地道な歩みではありますが、こうしてまた一歩、前進することができました。

最後になりましたが、「たま出版」の中村利男様に、大変お世話になりました。私の夢実現にお力をお貸しいただき心より感謝申し上げます。

吉田廸恵

著者プロフィール

吉田 逌恵（よしだ　ゆうけい）

昭和二十六年生まれ。茨城県出身。

高校卒業後、主婦や各種職業を経ながら人間の生き方・運命について独学。

四十歳代で、心理カウンセラー、運命鑑定士、各種自然療法等の資格を取得。

平成九年「吉田逌恵人間理學研究所」の前身である「吉田カウンセリングルーム」を開設。「生き方カウンセラー」として現在に至る。

(趣味) ライブコンサート、美術鑑賞

TEL：029-858-5966
http://yoshida-yuukei.jp

ほんとうのあなたを生きるために

2007年3月8日　初版第1刷発行

著　者　吉田 逌恵
発行者　韮澤 潤一郎
発行所　株式会社 たま出版
〒160-0004 東京都新宿区四谷4-28-20
☎03-5369-3051（代表）
http://tamabook.com
振替　00130-5-94804

印刷所　東洋経済印刷株式会社

ISBN978-4-8127-0230-7 C0011